一甲子，得見有恆 上

1958恆毅中學

周禮群——著

恆毅會祖－剛恆毅樞機主教

剛恆毅樞機主教（Celso Benigno Luigi Cardinal Costantini，1876年4月3日－1958年10月17日）生長於一個樸實的家庭裡，父親是建築師，常帶柴爾索到教堂裡欣賞聖人畫像，他發現神父的生活很受教友重視，又常聽母親談起聖人言行，十五歲時報名修院考試。

剛公曾於公高底亞本堂服務十四年，亦為首任教廷駐華代表剛恆毅總主教，在察哈爾省宣化市創立了第一個中國本籍神職修會，名為「主徒會」（Congregatio Discipulorum Domini），同時興建母院「愛瑪塢會院」於宣化市郊。

後來剛公返回梵蒂岡，於傳信部任職秘書長，安息主懷後共有三十九位樞機主教參加葬禮，公高底亞座堂也未他建立了紀念碑，標明他一生的四大歷程：本堂司鐸、駐華代表、藝術家、教廷樞機。

剛公極具雕塑天份，其作品「父母」、「主的俾女」、「默想」、「小難民」等創作皆永世留芳，供後人瞻仰。

PADRE

ECCE ANCILLA DOMINI

DEUS MEUS ILLUMINA TENEBRAS

創校元老，從左至右分別為：麻斯駿神父、劉嘉祥神父、郭若石總主教、范文忠神父、王臣瑞神父。

早期生活

從教職員合照中不難看出同事間一派和諧的氣氛，校長臉上慈愛的笑容歷久不衰。

貴賓來訪

李前總統登輝先生、馬前總統英九先生以及前行政院長郝柏村先生皆曾造訪恆毅中學。

馬
英
九
教
校
演
講

英

'99 10 2

學校課程

早期的恆毅學生在美術課時，老師會帶領他們到『小聖堂』前方寫生，學期間還有師生共歡的同樂會，後來陸續加入音樂、電腦、英聽等課程。

社團活動

民國六〇年代成立恆毅青少棒球隊，學校另有柔道社團，除了日常練習，亦有公開示範表演。學生體育團隊榮獲比賽優勝，持獎杯與劉嘉祥校長合影。活動中心亦舉辦音樂比賽。

武德

慶祝30校慶
同樂會

速

六十二年度

國慶表演

六〇年代，恆毅舞龍隊曾於國慶日參加慶祝活動，與各校隊伍一同熱烈演出。到了七〇年代，恆毅中學鼓隊也參與遊行。八〇年代的國慶日，童軍團於總統府前表演童軍旗舞，高中同學也表演了彩帶舞。

中華民國82年雙十國慶
恆毅中學童軍旗舞表演

昔日文宣

校旗、校歌、昔日校地地圖、校徽甄選與各式紀念作品皆為恆毅中學的珍寶，記錄著每個時代的歷史軌跡。

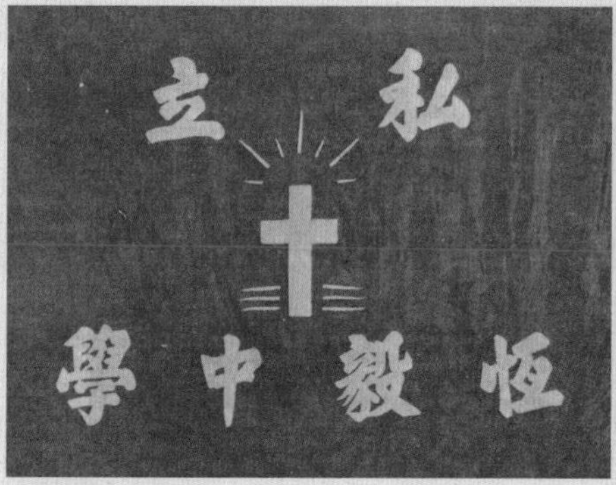

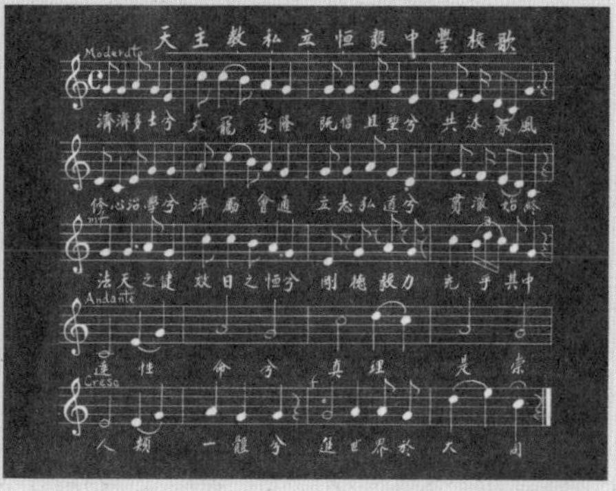

CATHOLIC HENG YEE HIGH SCHOOL
恒毅
HENG YEE
HY
智義勇節
真善美聖

恒毅中學全圖

復節特刊
強大
安和
均富
樂利

萬壽無疆
蔣公華誕
恭祝特刊

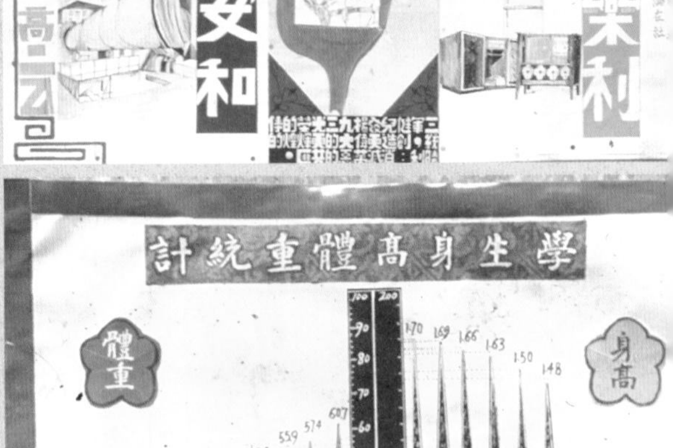
學生身高體重統計
體重
身高
37.8
41.5
49.4
55.9
57.4
60.7
170
169
166
163
150
148
初一 初二 初三 高一 高二 高三 體重 身高 高三 高二 高一 初三 初二 初一

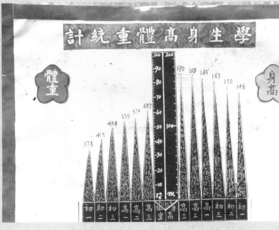

畢業紀念冊演進

恆毅中學迄今已出版了五十八本畢業紀念冊，從封面、內頁的編排設計，可一窺各個時代的學生想法與流行趨勢。

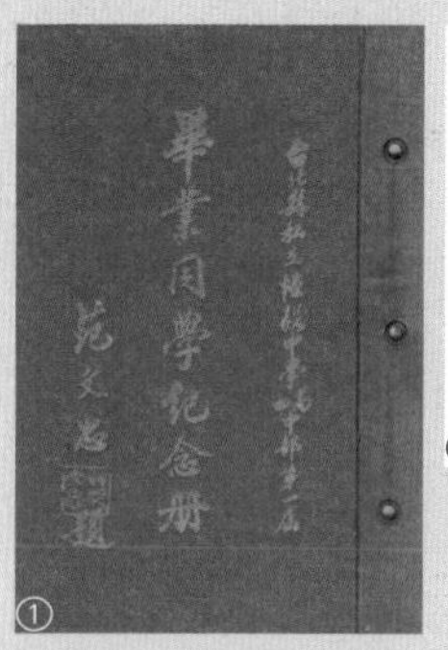

①

②

③

圖①▌第一屆畢冊封面
圖②▌第一屆畢冊內頁：校園生活
圖③▌第一屆畢冊內頁：教師團體照

①

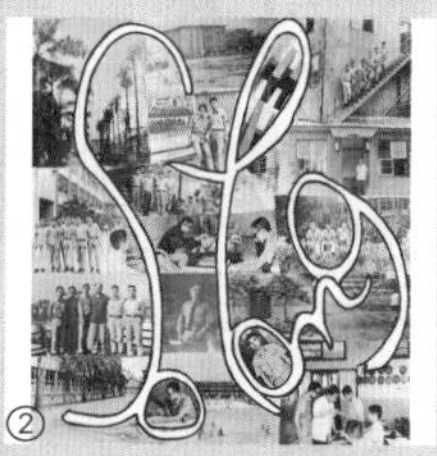
②

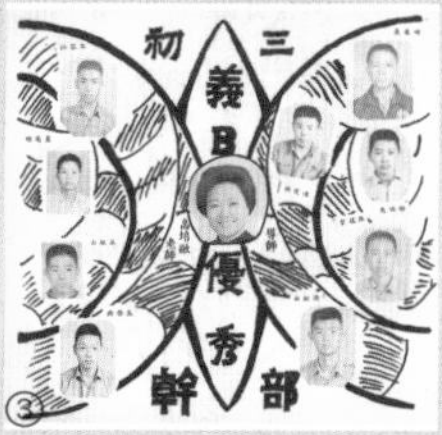

③

④

圖①▌第十一屆畢冊封面
圖②▌第十一屆畢冊內頁：學生生活
圖③▌第十一屆畢冊內頁：學生大頭照
圖④▌第十一屆畢冊內頁：校園合照

①

②

③

④

圖①▌第二十屆畢冊封面
圖②▌第二十屆畢冊內頁：老師勉勵
圖③▌第二十屆畢冊內頁：學生生活
圖④▌第二十屆畢冊內頁：學生群像

圖① ▌ 第二十八屆畢冊封面

圖② ▌ 第二十八屆畢冊內頁：老師勉勵

圖③ ▌ 第二十八屆畢冊內頁：學生群像

圖④ ▌ 第二十八屆畢冊內頁：學生生活

圖① ▌ 第三十三屆畢冊封面

圖② ▌ 第三十三屆畢冊內頁：班級首頁

圖③ ▌ 第三十三屆畢冊內頁：學生大頭照

圖④ ▌ 第三十三屆畢冊內頁：班級插畫

圖① ▌ 第四十一屆畢冊封面

圖② ▌ 第四十一屆畢冊內頁：班級首頁

圖③ ▌ 第四十一屆畢冊內頁：校際活動

圖④ ▌ 第四十一屆畢冊內頁：學生生活

圖① ▌ 第四十五屆畢冊封面
圖② ▌ 第四十五屆畢冊內頁：學生大頭照
圖③ ▌ 第四十五屆畢冊內頁：學生生活

圖① ▌ 第五十屆畢冊封面
圖② ▌ 第五十屆畢冊內頁：班級首頁
圖③ ▌ 第五十屆畢冊內頁：插畫
圖④ ▌ 第五十屆畢冊內頁：學生大頭照

圖① ▌ 第五十三屆畢冊封面
圖② ▌ 第五十三屆畢冊內頁：老師群像
圖③ ▌ 第五十三屆畢冊內頁：班級首頁
圖④ ▌ 第五十三屆畢冊內頁：學生大頭照

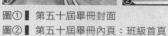

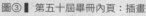

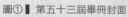

傑出校友名人堂

楊照陽

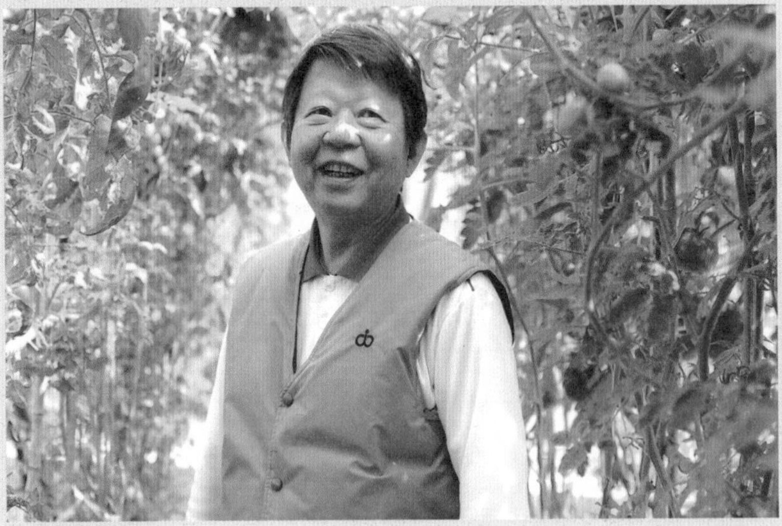

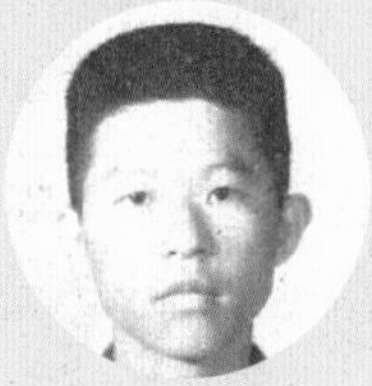

高中部 | 畢業屆數 3

台南大灣聖若瑟天主堂神父

胡國強

初中部 | 畢業屆數 4
前聯華電子公司董事長兼執行長

· 給學弟妹的話：

- 找到你的性向所在，行行出狀元!
- 趁早建立英語讀、寫、聽、講及寫程式的能力。
- 建立自信(confident)與謙虛(humble)的態度。
- 養成好的習慣(生活，飲食，運動)。
- 堅持交好的朋友。
- 樂觀奮鬥一只要你有心向上，沒有人可以阻擋你。
- 成功的定義: 不怕失敗，倒下去能爬起來，就是成功。
  Not being afraid of failure is a success.
- 各位同學不要妄自菲薄，也不要有壓力，以平常心，持續努力就好。

傅佩榮

初中部、高中部 | 畢業屆數 5、8
台大哲學系教授

林命嘉

初中部 | 畢業屆數 9
現為僑泰興企業股份有限公司董事長

黃桂芳

初中部、高中部｜畢業屆數 12、15
第49屆恆毅中學家長會會長
舒妃企業／大川實業有限公司總經理

· 給學弟妹的話：

最快樂的人不一定擁有一切最好的東西，

他們只是珍惜人生道路上，遇到的每個人、事、物。

祝福大家都會是一個最快樂人。

汪靜明

初中部｜畢業屆數 12
現為生物專家及師大教授
專長研究櫻花鉤吻鮭

高毓儒

初中部 | 畢業屆數 12
國立陽明大學醫學院生理學研究所教授

孫大川

高中部 | 畢業屆數 12
現任監察院副院長

丁遠超

高中部 | 畢業屆數15
曾任前李總統新聞秘書、發言人，總統府公共事務室副主任、連戰副總統及國民黨主席辦公室主任

· 給學弟妹的話：

今年是母校恒毅中學60週年校慶，身為校友的我畢業至今已達40多年了，基於人生的歷練，60歲的我深感人生歲月最值珍惜、珍貴、珍念、珍愛的就是美好的至親與真誠的友情！為此，身為校友我誠摯的祝福尊敬的恒毅校長、老師與同學及學弟學妹們安康喜悅、幸福美滿、正面圓滿、心想事成、理想成真！我更藉此鼓勵學弟學妹們努力上課讀書之時，吸收資訊要能消化，從中學習並掌握正確正面的知識與能量趨勢，尤其目前網路發達，大家整天滑手機，不要只是看趣味，也要注意看門道，不管閱讀的形式怎麼變，更要了解成功的祕訣是在其中，一切力求成功，力達完美正面！最後我再強調知己很重要，好友可以為你(妳)帶來正向力量，人生總有高低起伏，我們大家在低潮時最需要真誠友情的溫暖，在朋友同學需要鼓勵時，我們尤要張臂擁抱。

陳綠蔚

初中部、高中部 | 畢業屆數 10、14
曾任中油公司總經理
現任國光電力董事長

· 人生填空題：

18歲的時候，我想成為考古工作者；
現在我62歲，我成為了企業經理人。

· 給學弟妹的話：

人生是周而復始的學習和付出。請專心的學習，努力的付出。

程益群

高中部 | 畢業屆數 14
前國防部青年日報社長（少將退伍）

· 給學弟妹的話：

想，就去做，永遠不遲；努力了，就不會有遺憾！

韓連忠

初中部 | 畢業屆數 19
第59屆恆毅中學家長會會長
大口興業有限公司總經理

・人生填空題：

人之所以有夢想是因為自己心中的一份渴望。然而，夢想可能一生都不會改變又或者隨著年齡、心智的成長而變化。

求學時期，極富正義感的我，看見不公平的事情時，都會勇於跳出來發聲，好比自己心中有一把尺，公平地看待每件事。所以在當時就心許未來想成為一位司法人員。

・給學弟妹的話：

「天上下雨地上滑，自己跌倒自己爬」，人生的旅程上有著無數的挫折和阻礙，跌倒不可恥，可恥的是賴在地上不肯起來 。

周錫強

高中部｜畢業屆數 19
東南科技大學電機工程系系主任暨
電機工程研究所所長

· 人生填空題：

18歲的時候，我想成為科學家；
現在我57歲，我成為了教授。

· 給學弟妹的話：

親愛的學弟妹們，人生是一場終身學習的過程，這過程通常不會是順利的，有時充滿荊棘甚至遭受不平等待遇，但是它就是你(妳)生命的一部分，願我親愛的學弟妹永遠心中充滿光明、熱忱、勇敢及快樂！

鍥而舍之，朽木不折；
鍥而不舍，金石可鏤

韓國瑜

中國國民黨高雄市黨部主委
1975畢業先進入陸官專修

一甲子，
得見有恆 上

1958恆毅中學

慶賀　恆毅中學六十年

時間過得真快，恆毅中學創校六十年了，成績優良、校名美好，甚得社會及教育界的肯定與讚揚，在此先恭賀恆毅的成績，更祈望恆毅的英名發揚廣大。

恆毅中學是天主教主徒會所創辦，其名稱「恆毅」是紀念主徒會創辦人「剛恆毅」樞機主教。剛樞機是天主教派來中國的第一位大使，他主張天主教該與中國的文化相結合，因此他做了三件教會的大事，第一，祝聖六位中國神父做主教，因為主教是教會的領導人，他們能使天主教中國化。第二，他創辦了國籍主徒會，此會的主要工作是辦學校等教育工作，以中國人為主要，因之在印尼及馬來西亞等華人的地方皆有中國人的學校，使中國文化普及世界，因之台灣辦的恆毅中學便是主徒會的主要工作。第三，召開全國教務會議，准許教友敬天祭祖等。

恆毅中學的首任校長是范文忠神父，范神父是北京人，在北平輔仁大學教育系讀書，民國三十八年，輔大被沒收，輔大改為北京師範大學，輔大教育學院的哲學系併入北京大學的哲學系，筆者便因所學差異，便離校轉往菲律賓、台灣等地讀書。范文忠神父在教會工作，為台灣台北教區的副主教，台北市主教座堂的主任司鐸。該時主徒會決定在安定的台北辦學校，請范神父做校長，隨在台北縣新莊鎮購地辦學校，並在政府的教育廳辦理一切應辦的申請手續，一切核准後，正式開學上課。第一年招生七十餘學生，分甲乙兩班，每班三十餘人，該時筆者教他們「公民」課程，教務處主任是孫澤宏先生，訓導處主任是教

Wisdom　智——黃色
Justice　義——藍色
Courage　勇——紅色
Continence　節——白色

註：恆毅的校徽，學校亦有講明，校徽表現出學校的校訓，照書於後：恆毅校徽代表恆毅立校的精神，就是「智、義、勇、節」的精神。在校徽的中央是一個盾牌，上有「恆毅」二字，提醒所有恆毅人：「恆為成功之母，毅乃失敗之敵」，每個恆毅人皆應像盾牌一般堅強。

盾牌左右圍繞兩葉片茂密帶紅點的樹枝，象徵「節制」與「正義」的美德。盾牌之上是一展開的書冊，冊上寫著「智、義、勇、節」的校訓，書是智慧的代表。書之上是引領所有恆毅人勇往直前，歸向正道的記號——紅色十字架。校徽的底部是「恆毅」的英文音譯「HENG YEE」，黃色的字橫托在紅色的彩帶上，有目光遠大，觸角伸展在國際舞台的含意。

整個校徽由黃、藍、紅、白四色譜成，象徵「智、義、勇、節」四種德行。

友張金賞先生，唐恩江先生是體育主任，唐夫人張艾媛女士教英文，該時學校只有兩間教室。第二年，學生自然升班，教室不夠用，范神父向別人借錢在平地建兩間教室，供學生上課。第三年，從加拿大捐到錢，便正式建平地上及第二樓的教室，學生有固定的教室，師生安定後便成為正式的天主教中學，校名為「恆毅」中學，校訓是「智義勇節」，教友及教外的人士皆知道。

由過去創校與建校的艱苦，看六十年來的成功，這些年來確實培育了眾多的好學生，現在都已成年在社會的各界階層服務，造福群眾，可以安慰過去授課的老師們。再者，學生們實在忠誠的感謝老師，因為老師們不單是課本的講授，更是人品的榜樣，使學生學習與跟隨。因此我記得教育界的諺語：

「鐵肩擔教育，粉筆染白髮，教鞭千斤重，學仔皆成功」。

最後，借過去的諺語，師生共勉，祈學校的將來光明發揚，願學校的師生身體健康，精神美善，全家平安。我以神父的立場，每日為學校及學校的師生祈福，求天主降福每一位。

董事長　張振東

2018.09.20

目次

邁入世界

迎向未來

附錄　恆毅編年史

自然真實

冥冥之中自有安排

民國五十九年，一個初秋的夜晚，徐徐涼風拂過恆毅校園內少數幾盞燈光，周遭的其他建築物都陷入黑暗，唯獨東院教室依舊明亮大作，學生們仍然埋首書堆。以夜為名的大手捻熄了日照，卻捻不熄學生們胸腔內熊熊燃燒的渴求，他們迫不及待想以知識填飽肚子，宛如一隻隻嗷嗷待哺的幼獸。

東院位於校園的最東邊，是四排一層樓高的中式風格建築，造型典雅樸實，有著石灰色的水泥牆面和鋪滿漆黑瓦片的山形屋頂，其中三排作為教室，一排則是教師宿舍。

教室前方的籃球場已經完全被夜色盤據，江秋月老師收回視線，低頭看了看手錶，這才意識到時間已晚，不由得心頭一驚。

她挪動僵硬的坐姿，伸了個懶腰後捏捏發麻的雙腿，隨後開始收拾桌上物品，不料此舉卻引來學生抗議。

「老師，留下來多陪我們一會兒嘛。」學生半是撒嬌半是央求。

「不行啦，都快九點了，學校大門要關了，這樣我要怎麼回家？」江秋月老師苦笑：「你們這些住校生可以回宿舍，我總不能翻牆哪。」

身兼英文老師和導師，江秋月老師已經把當日的小考考卷都改完了，每天考單字也每天改考卷，這是她的習慣，目的是維持一種督促班級的規律節奏。

儘管小考頻率很高，但她並不擔心學生們緊繃的責任感會彈性疲乏，因為江老師總是故意把考試設計得非常簡單，希望讓這些與自己年齡相差不到十歲、好比弟弟一樣的初中男孩們從漂亮的分數中建立自信。

陪伴住校生晚自習也是她的習慣之一。十二三歲的懵懂少年離鄉背井，圖著一個好成績，有的甚至從基隆遠道而來，只有週末能短暫回家與父母團聚。學生們把江秋月老師當作是大姊姊般看待，經常對她訴說想家的心情，而江老師能做的，也只有盡心盡力的教導與不分晝夜的陪伴。

然而，即便對學生感到滿心不捨，江秋月老師也無法在學校耽擱太久，因為她知道，除了挑燈夜戰的用功學子以外，還有一個人正在等著她。

所以，江秋月老師不得不拎起包包，和顏悅色地和學生們道別：「我們明天見囉，加油，但是也別太晚睡。」

「好啦。」學生們不情願地回答。

江秋月老師微笑，她知道這些孩子們會繼續讓紙張的摩挲聲和鉛筆的刮擦聲在教室內迴盪，彷彿吟詠著一首孜孜不倦的歌。

時夜幕籠罩大地，江秋月老師踩著自己穩定的跫音，走向校園中最早落成的忠孝樓。

忠孝樓以深淺交織的綠色拼湊出堅毅的外貌，綠色象徵生生不息，中性的特色讓它同時在暖色調和冷色調之間佔有一席之地。若東院是孕育未來人才的肥沃土壤，那麼，忠孝樓便彷若拔地而起的壯碩植物，雖然只有兩層高，卻以睥睨之姿矗立於廣袤的校區內，看顧整個恆毅校園。

恆毅中學，是以創辦人主徒會的會祖剛恆毅樞機主教命名，為了紀念熱愛中華文化的剛恆毅樞機，校區中隨處可見的濃厚中國風情。

剛樞機於民國十一年奉派到中國擔任首任宗座駐華代表，前後總共歷時十一年。他曾為了阻止列強以「保教權」為藉口，行瓜分中國之實，便率先承認了北伐統一後的中國政權，迫使其他國家不得不跟進。

當時，天主教在中國普遍被認為是洋人的宗教。剛樞機為了推動教會本地化，便發揮藝術天分，將天主教教堂與中國傳統建築做了結合，於察哈爾省（今河北省）建造出中國第一座中式風格的教堂，教堂內所有聖像和畫像也都帶有濃濃的中國風。

剛樞機更創辦文化、教育和慈善機構，包括以文化傳教為宗旨的主徒會。主徒會在民國二十三年於察哈爾省的宣化興建恆毅中學，由郭若石會士任校長，于斌則為董事長。

剛恆毅樞機主教入境隨俗，身著中式長衫。

民國三十八年，郭若石校長被教廷任命主持台北教區，便積極籌備恆毅中學在台建校事宜，終於民國四十七年奉准立案。

另一方面，剛樞機則返回義大利威尼斯家鄉養病，康復後任職傳信部秘書長，從事全球傳教事務十八年之久。儘管他在民國四十五年，也就是升為樞機的五年後，逝世於羅馬，享年八十二歲，但他為人稱頌的宗教家精神，早已和恆毅中學的根基合而為一。

信仰的力量帶領恆毅中學度過重重困厄，一步步在北台灣的新莊奠定根基，冥冥之中，天主似乎也俯視著這塊靈秀之地，並陸續做出許多有趣的安排，例如江秋月老師的到來。

江秋月老師到恆毅教書是個誤打誤撞的結果，彷彿命運的牽引，民國五十九年，她從淡江大學以第一名的優異成績畢業，便經由教授介紹，至輔仁大學外語實習所擔任助教。

輔仁大學好比恆毅中學的鄰居，江秋月老

昔日的東院與籃球場，是高中生日常活動的範圍。

師為了陪同學來恆毅中學面試教師，便踏入恆毅校園，促成和孫澤宏主任交談的機會。

那天，孫澤宏主任請江秋月老師上台試教，江老師並沒有特別準備，只是秉持「知無不言、言無不盡」的信念，把自己所學傾囊相授，結果學生們反應大好，到了下課時間，還圍在講台邊不斷詢問問題，不肯放江老師離開教室。

事後，孫澤宏主任認為江秋月老師是個不可多得的人才，便提出延攬聘用的要求，卻讓江秋月老師陷入兩難。

「可是，我在輔大那邊還有課呢！」前不久江秋月老師才口頭允諾輔大，決定續聘一年，著實不好意思臨陣反悔。

「那妳去和輔大溝通看看。」孫澤宏主任不肯放棄。

江秋月老師硬著頭皮回到輔大，找了頂頭上司神父商量，幸好和藹可親的神父不但沒有異議，反而展現了成人之美。

「我想，恆毅中學給予老師的薪資待遇比輔大助教優渥許多，這是個好機會，妳應該好好把握。」神父鼓勵道。

「謝謝神父。」江秋月老師感激地說。

命運實在奇妙，由於神父的體貼，江秋月老師才得以順利接下新工作，而她的同學反倒成為新莊國中的老師。

也正因為如此，江秋月老師才能認識她命定的對象。

江老師的腳步趨於雀躍，心情也跟著放鬆，揚起的嘴角則洩漏了即將見到男朋友的期待，孤身行經空無一人的穿堂也不覺得害怕。

半分鐘後，她穿越面向新莊中正路的學校正門。樹木、農田和大漢溪的清新氣味撲鼻而來，糅合成某種屬於浪漫夜晚的氛圍，江秋月老師拉緊領口，一溜煙鑽過狹窄的恆毅校門，快步往公車站牌走去，掌心則微微沁出薄汗。

路燈昏黃的光線下，一道高大身影動也不動，極富耐心地於原地苦苦守候，堅定彷若聖像雕塑。

劉明維老師是本地人，亦是恆毅中學高中部第三屆的畢業生，大學畢業後回到母校服務，比江秋月老師早了一年。同任初中部二年級導師，辦公室座位又剛好面對面，讓兩人從此結下不解之緣。

也許是塊頭魁梧加上氣勢懾人吧，劉老師多半被分配到成績較差的班，而江老師泰半帶的是重點班。然而，劉明維老師的細膩心思卻和壯碩身材完全相反，每個江秋月老師陪伴學生夜自息到八點十分的夜晚，他總會固定於公車站牌下等候，直到目送江老師踏上公車，才能安心返家。

「等很久了嗎？」江秋月老師年輕的臉龐綻放羞澀燦笑，宛如一朵潔白梔子花。

「沒有、沒有。」劉明維老師見了她，迫不及待地迎上前來，身後影子驟然被路燈拉得老長。

「從早上六點多早自習開始，熬到晚上將近九點，身體吃得消嗎？」劉明維老師溫熱的大手牽住女友纖細的小手，憐愛目光在她身上打轉。

「還好啦，聯考錄取率平均只有百分之二十，當然要拼一點。」江老師說。

「我只是擔心妳，怕每天都像上回去建國補校代課那樣，拼了命想把自己所學通通貢獻出來。」劉老師說。

「哈哈，那次的學生們還擔心我說得太多，進度會趕不上呢！」江老師抿嘴而笑。

「老師用不用心，學生很清楚的。」劉老師說。

「花那麼多時間心血，也是為了多認識自己的學生，你曉得的，我從來不問其他老師的刻板印象或先入為主的觀念，喜歡自己觀察孩子。教書沒什麼特別的訣竅，就是熱忱罷了。」江老師說。

「這是妳的第一屆帶班學生，若真碰上有人不聽話，偶爾修理一下是能嚇阻他們過度調皮的行為，別怕他們會記恨，反正長大之後，他們必然會理解老師的苦心。」劉老師表示。

「我不喜歡打學生，況且我打人也不痛。」江秋月老師微微一笑，接著又道：「別擔心我，二年級的老師們不分彼此，我早點來，就幫別的老師巡堂，我晚點來，別的老師也會幫我的忙呀。」

「這倒是，幸好大夥兒感情都不錯。」劉明維老師意味深長地瞅著女友。

「是呀。」江秋月老師嬌羞地別開臉，轉頭看看公車來了沒。

恆毅初中部二年級，一共有智A、智B、勇A、勇B、義A、義B共六個班，猶記得當初是為了給勇B班導師介紹女孩子，所以一堆人作陪，舉辦了郊外踏青烤肉活動。

玩了整天下來，為了表現出男士的體貼和紳士風度，解散時便安排男老師護送女老師回家，再一次的，劉明維老師又和江秋月老師分配到同一組。

兩人行經西門町新生戲院，瞥見了電影「坦克大決戰」的廣告海報，江秋月老師隨口提及電影主題曲的由來，眼看時間還早，劉明維老師順勢提出邀約，江秋月老師也點頭同意。

看完電影以後，兩人的距離似乎更近了些，江老師回請劉老師吃飯，從此公事上的交集擴大為私交，有了美好的初次約會，接著就有第二次、第三次、第四次……他們的生命線出現重疊。

「最近伯父伯母還好嗎？」劉明維老師問。

「老樣子。」江秋月老師聳肩。

劉明維老師心裡明白，因為家中祖籍是江蘇，江老師的母親一直擔憂劉家遲早有天會回去大陸，所以對兩人交往始終抱持反對態度。再者，劉老師的父親是公務員，江老師家卻是做生意的，在台北市小有名望，門不當戶不對加上省籍問題讓江家心存芥蒂。

據說江秋月老師的父親不斷介紹經商認識的公子給女兒，但江老師都不太理會。劉老師是江老師的第一個男朋友，而江老師很相信命運和感覺。她曾笑稱：「我在中秋節前出生，名字是秋月，你的生日則是農曆八月十五，這不是天註定嗎？」

思及至此，劉明維老師更是緊握江老師的小手，在校園內兩人謹守分際，尤其面對學生更是低調保密。唯有在學校以外的世界，他們才能像燭芯般相互依偎，在燃燒的情感中，放心擁抱最真實的對方與自己。

公車來來去去，劉明維老師遙望柏油路彼端，多麼希望屬於江秋月老師的公車快點來，讓女友能早些回家休息。然而，他又希望公車慢點來，如此一來，便能留心上人在身邊多聊幾句。

「老師，祝您和『金剛』老師早生貴子、幸福逾恆！」班長鞠躬。

一年多後，江秋月老師和劉明維老師公布了喜訊，訂婚時宴請了同事、劉嘉祥校長和不少神父，班長還特地作了首詩，在講台上朗誦恭賀江老師。

那屆學生有三十幾個考上建國中學、成功高中和師大附中，俗稱「三省中」。後來多人成為醫生，繼續將老師的愛與關懷發揚光大。

而江秋月老師和劉明維老師的婚姻生活也應驗了班長的祝福，每當劉老師出外洽公、旅遊，必會於晚餐時間打電話向妻子報平安。現在他們有了個家，就像飄泊的船隻有了錨點，劉明維老師始終信守在公車站牌下守護心上人的初衷。

每逢母親節、結婚紀念日和江秋月老師的生日，劉明維老師也都會送上禮物，並帶妻子上館子用餐慶祝，席間不忘替妻子殷勤夾菜。往後四十六年，一天不曾間斷。

恆毅中學於大陸宣化的舊校址。

巍峨校舍平地起

烈日當頭，迎面而來的都是宛如抽油煙機送出的熱風，一群身穿卡其色制服與黑皮帶，足蹬黑皮鞋，頭戴卡其色圓盤帽的學生在恆毅中學的操場上揮汗如雨。

他們正在拔草，不是為了清除蔓生的野草，而是為了把草「移植」到滿佈黃土的操場上，解決操場積水問題。

每逢下雨的日子，地勢低窪的操場總會鬱積泥水，讓校園正中央彷若一座水質不佳的小湖。偏偏操場的地面又起伏不定，東一個坑、西一個坑，所以說是沼澤可能更為貼切。

時值民國六十八年，台灣尚未解嚴，還得再過兩年才會迎接第一座國家公園、勞動基準法和台灣史上第一件銀行搶案。想當然耳，連電視機都尚未普及的年代，學校的教職員當然也沒有受過專業的排水系統設計訓練。

體育組長是個退休老兵，也不知怎麼的，操場歸他管轄，積水問題自然便落到了他的頭上。

於是，體育組長做出決定：「有水就是因為地勢低嘛，地勢低就填平，填平就不會有水了呀。」

按照他的說法，只要把低窪的位置填上土壤，讓雨水不致於往低處流，操場就能恢復本來的樣貌，而不是青蛙和蚯蚓大肆繁殖的樂園。

然而，新填的土壤覆蓋原先的草皮，整片土地變得光禿禿的，這時體育組長又說了：「沒草就挖草來種嘛，澆點兒水，過幾天就綠油油了！」

所以那批「種草」的學生們就開工啦。

高崇平（日後為恆毅數學老師）是高一學生，這堂是軍訓課，他們全班同學今天的主要任務是從學校各地有草的地方搜刮草皮，將草一塊塊連根挖起，再仔細鋪平於裸露的土地。

一張張沾滿塵土的臉龐忍受著口乾舌燥，或蹲下或彎腰，將株株雜草視為珍寶。他們動作謹慎地挖起帶土的草枝，盡可能保留所有纖細的根部，不去傷害小草適應環境的能力，讓這些植物能夠在搬家後活得久一點。

帶有鹹味的汗水自他們的頭皮、頸側與背部緩緩淌下，最後成為沾粘在肌膚上的鹽粒結晶。制服乾了又濕，濕了又乾，然而勞動卻彷彿沒有盡頭，看不出結束的一日。

上一堂課拔草、種草的班級是韓連忠（日後為恆毅第五十九屆家長會長）等人的高三學生，他們沿著東院的木造教室牆壁挖了不少，這堂則由高一學生接力。

到底是什麼草，他們其實也弄不清楚，只知道長了三瓣心型葉片、能夠用來玩遊戲的好像稱為「酢漿草」；有些植物葉子則像銳利的紙片一樣會割人皮膚，經過便劃出幾道血痕，必須特別小心提防。還有一種開了花以後會結成羽毛狀的球形種子，迎風飛揚時畫面格外唯美，至於名字則不得而知。

所有校園裡看得見的植物裡頭，最討厭的就是「鬼針草」，只要不小心走過其中一叢，褲管和襪子上便會沾滿黑色的「暗器」，刺得小腿發癢發痛。

「我覺得我們好像農夫在插秧。」一個學生喃喃說道。

學生揭開圓盤帽抹了抹腦袋，帽子底下是清一色接近光頭的小平頭，紫外線抓住稍縱即逝的片刻強吻腦門，於是學生又將圓盤帽戴了起來。

「什麼插秧？我們是在幫操場穿衣服，這叫遮羞，省得給人看光光。」另一個學生嘀咕。

「安靜！」李遵信老師以威嚴十足的語氣低喊，學生們隨即噤聲。

李遵信老師是恆毅中學的第三屆畢業生，自輔仁大學中文系畢業後，回到母校擔任教職已經有十年之久。這是他的第一份工作，由於教務主任和訓導主任都曾經是他學生時期的導師，所以對他寄予厚望，專門把成績落後的

教職員於科學館前合影，彼時建築前方的樹木僅一人高。

學生們在光禿禿的操場上整隊。

班級給他帶。

「別抱怨了，你們現在有這麼多教室可用，想當年，我們在雨天上軍訓，還得到『風雨教室』集合呢！」李遵信老師眨眨眼睛。他有一雙靈活的眼眸，常會不經意流露出童年時期的淘氣。

學校保健室的護士路過操場，她停下腳步，和師生們打了招呼，想看看有沒有學生出現中暑跡象。

校護原先是恆毅中學對面鳴遠診所的護士，鳴遠診所為德來姊妹會的修女所創辦，當時恆毅釋出校護的職缺，診所便介紹她過來工作。

關心患者健康是護士的天職，不過，校護對恆毅中學的師生又多付出了一份愛心，由於她的兒子林鑫政（日後化學老師）在恆毅就讀初中時，導師便是李遵信老師，所以校護和李遵信老師不僅是同事，更存在著一層老師和學生家長的關係，對校護而言，眼前的孩子們與兒子年紀相當，看著也都像是自己的孩子。
校護在聽聞李遵信老師的一席話後，忍不住好奇問道：「老師，什麼是『風雨教室』？」
「所謂風雨教室，就是在東院前面搭起來的竹棚子，地板是水泥地，屋頂鋪滿竹竿，在雨天裡既刮風又下雨，所以叫做『風雨教室』啊。」李遵信老師回答。
校護聽了忍不住莞爾，道：「說起來，現在的恆毅學生還真有福氣呢。」
「那是當然，從前哪兒來的智仁大樓和科學館啊，話說回來，光是我們腳下踩的這塊操場可就價值連城呢！」李遵信老師說。
「喔？怎麼說？」
李遵信老師侃侃而談：「民國四十七年時，范文忠神父想要讓恆毅中學在台灣復校，於是辛苦的募集資金，並且四處尋覓適合的地點。當時的台北市附近，新莊算是文化氣息最為豐富的地區，因為日據時代是有錢人住的地方，以前的船隻可以在大漢溪的河面通行，一路航至新莊的港口。交通發達了，自然帶動整個區域的商業和文化，所以那時期蓋的廟也很多，新莊有名的廟街亦是其來有自。
「說到這塊校地，當初的擁有者是地方上有名望的富賈士紳，他在聽聞范文忠神父的理念後大為讚賞，認為能在新莊興學，尤其還是天主教學校，實在是美事一樁哪！」
「所以他將校地賣給主徒會？」校護問。
「何止是賣，根本就是用送的！」李遵信老師嘖嘖稱奇：「民國四十七年，一個老師的薪水大約是五六百塊，他卻出價每坪地新台幣五塊錢，收錢只是意思意思。」
「幾乎是把地捐給學校了嘛。」校護咂舌。

「就是啊，算算差不多一坪地是每月薪水的百分之一，以現在地價來說太便宜了，尤其恆毅中學的校地位處於縱貫線上，對面又是公路局終點站，享盡交通便利。所以我跟學生說，光是你們每個人在操場上站的位置，都可以買一塊金磚了！」李遵信老師搖頭嘆息：「後來地主擔任創校董事，可以說是因為他的一念之善，成就了主徒會的教育志業。」

「真了不起。」校護附和。

當時他們還不知道，許多年以後，地主的女兒黃林玲玲將會成為新莊市長，為地方建設繼續付出努力。

「呵呵，謝謝你的故事，我要回保健室了。」校護揮揮手。

李遵信老師還沉浸在往昔的思緒中，他目送校護往科學館一樓中間的小教室走去。只見科學館前的大王椰子迎風搖曳，創校時才種下的校樹，現在約莫已有一層樓高，撐起的偌大葉片好比遮陽傘，在地面抹上涼爽的陰影。

炙熱的日光持續發威，李遵信老師抹去額頭的汗，回過身來發現學生們一個個趁著老師說故事的時候發懶，故意用定格般的慢動作摸魚。

「還不快種草？一丁點操勞都耐不住？你們沒參加過國慶日的舞龍和遊行隊伍，那才真的辛苦呢。」李遵信老師說道。

長、寬各四百公尺的田徑場，包括了足球、籃球、排球、棒球和手球場，也設置了單槓、雙槓、爬竿等運動設備，從前青少棒球隊、舞龍隊伍、鼓號樂隊和童軍團的旗舞都在操場上鍛鍊，多少活動在這塊土地寫下繼往開來的歷史，當然必須好好維護。

「老師，我們這樣種來種去已經好幾個月了，到底有沒有用啊？」有個細如蚊蚋的聲音壯著膽子說道。

學生說的是事實，每當一個區塊的土填滿了、草長高了，相較之下，別的區塊又顯得地勢低窪了些。所以在體育組長阿伯的指示下，學生們的體育課和軍訓課便經常耗在挖東補西、成效不彰且永遠補不完的「種草任務」裡。

「前人種樹，後人乘涼，沒聽過嗎？」李遵信老師撇撇嘴。

「後人？再繼續這樣下去，我們都不知道明天在哪裡了。」高崇平唉聲嘆氣地說。

幾次下來，他和同學們的臉已經晒得黝黑，裸露的手臂則呈現兩種色系，朝外的那一面是焦糖般的深褐色，朝內的那一面則是接近白皙的粉膚色。每晚洗澡的時候，他們脫下衣服攬鏡自照，都覺得自己身上的色塊一截一截的，鏡中人物彷若不是自己，而是一隻大貓熊。

「說不定有一天你們會回來恆毅教書，或者你們的小孩會回來恆毅念書嘛。」李遵信老師忙不迭地回答：「加油加油，恆為成功之母，毅乃

在台建校首任校長范文忠神父。

失敗之敵。」

「恆為成功之母，毅乃失敗之敵」正是恆毅的校訓，主徒會一路篳路藍縷，不忘剛恆毅樞機主教刻苦勤勉的精神，以「智、義、勇、節」為校訓，期許學生培養智慧、正義、勇敢、節制等四種德性。

李遵信老師環顧四周，校園中的一草一木，都承載了血淚交織的故事，提醒所有恆毅人莫忘初衷。接著，他的目光掠過忠孝樓穿堂，落在遠處大門模糊難辨的身影上。

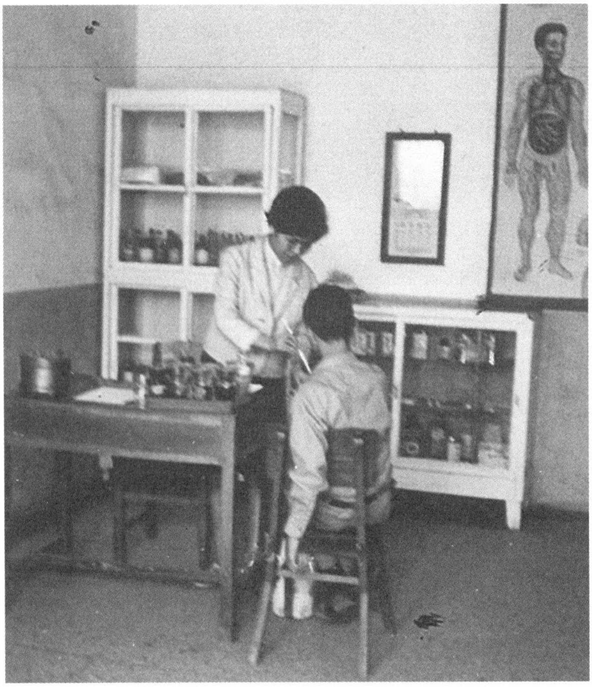
保健室日常一景。

物換星移時光荏苒，即便是學校校門也歷經了多次變更。

回想初期時的大門保守樸實，兩側磚造圍牆上方矗立著成排欄杆，左右門柱嵌有恆毅中學的校名，校門的寬度僅容三人並肩而行。為了方便車輛進出，兩年後、也就是民國四十九年，第二代校門擴建完成，成為一道ㄇ字型的鏤空花磚牌樓，恆毅中學四個偌大的字體橫亙其上，頂端還飄揚著青天白日滿地紅的國旗。

身為高一學生的高崇平則親眼見證了第三代校門的興建，民國七十年，亦即他高三的那一年，恆毅校門的造型變得更為現代化，右方高聳的白色意象構造和不規則形的石砌外牆，是許多莘莘學子共同的美好回憶。

即便如此，他也無法預見二十年後的新莊會是什麼模樣。

民國九十年，第四代校門改建開始動工，為了配合校門遷移，門庭景觀設計、圍牆加高、電子看板裝設、提款機裝設、高壓電裝備遷移、交通號誌遷移、人行道路樹與公共設施遷移都必須詳加規劃，牽一髮而動全身。

最終，有史以來最費時費功，也最雄偉莊嚴的大門於焉落成。外牆上的大幅馬克拼貼畫事資深美術老師許楚璇與其夫婿的聯合創作，校門牌樓背面則釘有「敬天愛人」四個大字。而那也是許多年以後的事了，這些未來的計畫，只有在地的老新莊人和在學學生有幸躬逢其盛。

校門撐過了風吹雨打、日曬雨淋，在歲月的洪流中逐漸斑駁，甚至熬過了後來幾次嚴重的颱風和地震，幾經變遷卻仍然保有共同特徵：諸如中英文校名、天主教會象徵愛的標記、以及恆毅師生與外聘建築師的創意結合。

李遵信老師知道，即便四季更迭，學生、教職員在校內來來去去，恆毅中學的歲數年年增加，恆毅校門仍將屹立不搖，而科學館前的大王椰子也會持續拔高，終年常綠生生不息。

當然，後來的後來，校方乾脆把整個操場挖掉，將排水系統建立起來。從此以後，學生再也不需要幫忙種草了。

有話來跟教鞭說

民國七十九年的某一天，一大早，綽號「阿暴」的孫澤宏主任便氣沖沖地等在校門口，迎接名單上調皮搗蛋的學生。

「還敢動？站直，不准動！」孫澤宏主任手持教鞭，對幾名罰站於穿堂的學生虎視眈眈，他來回踱步，宛若海洋中逡巡的鯊魚。

訓導處（日後的學務處）辦公室外的走廊上，站了一整排打著哆嗦的學生。學生們個個壓低目光，彷彿正仔細研究著自己的腳尖，下巴都快碰觸到胸口了。如果把他們的褲管掀開來看，會發現小腿肚上烙印著一條條血色鞭痕，好比難以抹煞的紅字。而他們的雙頰也是紅通通的，只不過，臉上的印子不是讓「阿暴」主任打的，而是羞愧在雙頰抹上了顏色。

其實孫澤宏主任的音調並沒有特別兇狠，他沒有大吼大叫，也沒有口出穢言，但是語氣中蘊含的嚴厲，就足以在學生心中掀起滔天巨浪般的恐懼。「阿暴」主任是一道快速挪移的探照燈，在他的眼皮子底下，不存在一絲陰影，學生任何偷雞摸狗的行為全都無所遁形。

「在校車上偷看清涼圖片？哼哼。」孫澤宏主任瞇起眼睛，教鞭在掌心敲啊敲，一口暴牙顯得更加突出了。「還故意把圖片扔給女生？哼哼。清涼美女好看嗎？」

學生們自知理虧沒敢回答，昨天在校車上這麼和女同學開玩笑時，確實覺得挺好玩的，那些女生好像見了鬼似的放聲尖叫，還彼此推來推去。但是現在挨了一頓打，感覺可就沒那麼好玩了。

學生魚貫進入學校，大多數人揹著書包匆匆而過，沒有多看一眼，反正被老師處罰無非成績和操行問題，打手心、打屁股都是家常便飯。

林鑫政也刻意快速通過，避開氣頭上的「阿暴」主任。沒辦法，繁重的課業幾乎讓他脫一層皮，每個老師都對分數非常要求，每個老師也都打得很兇，有些出手比較狠的，甚至一板子下去，學生的屁股瞬間便失去知覺。就像打了一劑麻醉藥一樣，即使回到自己的座位上，屈膝坐了下去，還覺得整個人浮在椅面上，臀部和大腦澈底切斷連線，你是你、我是我，兩者決定分家。

跟在後頭的學生是高崇平，他認出遭受處罰的正是自己的同班同學，不禁替他們捏了把冷汗。「阿暴」主任是出了名的不怒而威，光是聽到他的聲音就會讓人雙腿發抖，只要他巡堂經過走廊，全班同學便會不由自主地正襟危坐，所

六零年代上課一景，學生全都理了接近光頭的平頭。

以，他實在想不透怎麼有人會瘋到去惹「阿暴」主任？又或者，怎麼會有人蠢到幹了壞事，還讓「阿暴」主任知道？

「嘿，阿忠。」一個同學快步追上陳志忠（日後的自然老師）。

「早。」陳志忠點點頭，與同學並肩而行，往教室走去。

「他們幹嘛？」同學瞄向訓導處前的學生，對陳志忠挑眉問道。

「誰知道？」陳志忠聳肩回答：「八成是幹了什麼好事，不幸被『阿暴』抓包。」

「我跟你賭，他們的小腿肯定都腫起來了。」同學低聲道。

「廢話，誰讓他們惹到『阿暴』？」陳志忠說。

「一定很痛。」同學咕噥。

「小意思啦，我們誰不是天天被打，這個冬天我的手都是黑的，因為被打到血液循環不良，

勤管嚴教的風氣持續，恆毅學子尊師重道，絕不敢有半點不敬踰矩。

我媽還以為我天天溜到在菜園裡玩泥巴呢。」陳志忠回答。

「你媽大概不知道你經常上課打橋牌被老師處罰吧？」同學咧嘴一笑：「嘿嘿，那等會兒還要不要打？」

「廢話。」陳志忠白了同學一眼。「當然要啊。」

穿堂的處罰結束以後，學生們悻悻地作鳥獸散，孫澤宏主任則回到辦公室，眉宇間餘怒未消。

他抬眼凝視座位後方牆面上的黑板，除了行事曆和幾條備忘事項以外，最明顯的註記便是黑板左側寫的「勤管嚴教」四個大字。這四個字不斷監督著孫澤宏主任的一言一行，他走進辦公室時會看見，坐在辦公桌前會想起，每每讓他感到責無旁貸，非得把學生教好不可。

孫澤宏主任把「勤管嚴教」寫在黑板上，同時也扛在肩膀上，他好比岳飛，「勤管嚴教」就是他刺在背上的「精忠報國」。

「怎麼了？」李遵信老師探頭進來。「一大早就有人惹事情？」

孫澤宏主任做了個深呼吸，搖頭嘆道：「昨天放學時間，男學生在校車上偷看美女照片，一邊看還一邊大聲討論嬉笑，後來玩得過火了，就故意把照片扔給女同學，讓女生們嚇得尖叫。今天一早女生的導師就來找我告狀。」

「還真是無聊當有趣。」

「這些小鬼真是莫名其妙！」

「啊，讓我想起我的學生時代。」李遵信老師抿著笑意，說道：「我和明維以前哪，每天都是七點以前就要到校，如果超過了七點，校長就會站在校門口抓遲到的學生，然後罵個幾句，倘若看到遲到三次以上的熟面孔，便會怒吼『你給我跪著！』，所以七點後的穿堂下總是跪著一整排人。」

「丟臉哪。」孫澤宏主任頻頻搖頭。

「臉皮薄的當然不好意思惹事情。」李遵信老師繼而又道：「校長還真是夠兇狠的，朝會也是一樣，天天都開朝會嘛，如果台下有人亂動，校長就會直接點名學生『站上來！』然後讓學生在司令台上『跪下！』。」

「現在的學生好像又比那時候更淘氣了。」孫主任思忖。

「以前管得嚴呀，我還記得有個同學的爸爸是海軍總司令，有一天，他和同學去西門町玩，碰上了幾個小流氓在土地公廟前面結拜。」李老師說。

「結拜？他們自以為是桃園三結義啊？」

「就是啊，據說拿了個碗，又準備了一些吃的，搞得有模有樣。」

孫主任噗哧一笑，問道：「該不會是要歃血為盟吧？」

「你猜對了！可是這幫小流氓想結拜卻又太沒膽，人家歃血為盟是割自己的手，對吧？然後把每個人的血滴幾滴在碗裡，混合了以後一人一口喝下肚子去。」李遵信老師忍著笑意，又道：「這幾個小流氓呢還真沒用，他們怕見血、怕痛，所以撞見我那同學路過，看人家是海軍總司令的兒子，覺得穿著打扮太過惹眼，就要打人家、用人家的血。」

「還真是無妄之災，然後呢？」孫澤宏主任挑眉。

「然後兩邊人馬就打了起來啦，我的兩個同學，一個屁股上被扎了一下，一個頭頂被木屐敲破，後來怎麼解散的不得而知，反正第二天是禮拜一，一大早他們到學校以後，就立刻被教官找去問話。原來禮拜天晚上，挨揍的事情已經被警察局登記在案，警方也聯絡學校教官了。」李遵信老師解釋。

「警察局也真有一套。」孫主任悶哼。

「那時候台北市的警察局少年隊確實有效率，凡是有過案底的都列表追蹤，剛好那幾個小流氓在土地公廟附近滋事，他們搞些什麼花樣，少年隊一清二楚，再追問受害者的模樣，小流氓便坦承對方的外套上繡著『恆毅』二字，事情就水落石出啦。」李老師說。

「可見小流氓以前就這麼瞎整過了？好在是對方先動的手，不然那兩個學生可就吃不完兜著走了。」孫主任說。

「沒錯，事後教官比對小流氓的口供和學生的自白，確認口徑一致。」李老師回憶當年：「以前就是用規矩管得很嚴，同樣一個過錯，記到第二次就退學了，所以舉凡彈子房、舞廳，不正當的場所都不能去，去就大過一個，第二次抓到馬上退學。」

「現在這幫兔崽子可命好了，調戲女生也只有挨幾下板子。」孫澤宏主任喃喃說道。

這時候，劉明維老師捧著滿手東西經過辦公室門外，和他們打了招呼，懷裡的物品引起李遵信老師的興趣。

「你揣著什麼？」李遵信老師好奇地問。

「家長送的禮物。」劉明維老師停下腳步，神祕地笑了笑，說道：「我有個學生家裡開藤器家具行，今天早上，家長送來一大捆藤條，交代我看緊他兒子，好好管教管教。」

李遵信老師和孫澤宏主任聞言忍俊不住。

「你收下那麼多藤條，是不是要送幾枝給江秋月老師當禮物啊？」李遵信老師打趣道。

「不用，好班不必打。」劉明維老師爽快地回答。

「說的也是，跟一般的班級比起來，成績好的班級實在太自動了，有時候我出了功課，連自己都忘了，他們第二天卻有辦法收齊然後給我送過來。」李遵信老師不敢置信地說。

「唉，最近我都讓學生自己訂標準，缺一分打一下。實在沒辦法呀，理工科的甲組大學錄取率只有百份之二十一，文法商的乙組只有十七到十九，農醫丙組的錄取率又更低了，不逼不行。」孫澤宏主任揉揉鼻樑。

「這樣吧，大夥兒分一分。」劉明維老師抽出幾把藤條，分別遞給了二人。「為了恆毅的升學率，我們只好痛下殺手了……反正學生家長說，這玩意兒他家裡還有很多。」

「換你了啦！」隔壁同學悄聲說道。

陳志忠的表現十分鎮定，他泰然自若地將視線從數學老師臉部移開，挪回藏於桌下手中的橋牌，還不忘揉揉眼睛，剛才似乎有點眼花，讓他錯看黑板上的字，明明是寫有XYZ的方程式，他卻看成了撲克牌面的JQK。

「呵呵。」陳志忠的嘴角浮現一抹得意，他再次拿了一手好牌，興奮之情不言而喻。

「幹嘛啦？」同學見他這麼一笑，頓覺頭皮發麻，背脊也泛起一股涼颼颼的寒意。

陳志忠熱衷於橋牌而且牌技一流，他練就十二秒發完五十二張牌的絕技，可以沒日沒夜的狂打橋牌，即便對手都換了三家，他依然不覺得累。

提到橋牌，就不得不從頭開始說起……

陳志忠的表哥是恆毅中學畢業的校友，大學聯考分數斐然，最後上的是中央大學外語系。陳志忠本人的高中聯考成績也相當優秀，原本進入公立學校應該不成問題，然而，他卻莫名其妙錯過報到時間，結果落了個沒學校念的下場。

表哥於心不忍之下，便帶他來找孫澤宏主任面談，希望學校能網開一面，讓陳志忠有機會註冊。

陳志忠亮眼的北聯成績讓孫澤宏主任留下深刻印象，孫主任甚至相信，如此優異的程度很有可能在高一入學的新生中排名數一數二，有了他的加入，必然能讓近年來下降的大學錄取率增色許多。

於是在校方的首肯下，陳志忠就此成為恆毅中學的學生。不僅如此，表哥還動用三寸不爛之舌，替陳志忠爭取到「直升獎學金」，零零總總領了一萬多塊。有了這筆意外之財，忽然間，陳志忠便從務農人家的孩子，躍升為出手闊綽的少爺。

然而，陳志忠真的如同孫澤宏主任的期待，成為一群迷惘新生中的領頭羊嗎？

在民國六十九年的當時，擠破頭進入公立高中似乎才是最正確的選擇，所以被排除在公立學校窄門外的學生，都懷有灰心喪志的挫敗感。

陳志忠的資質比其他人來得好，加上班級讀書風氣低迷，讓他腦中出現「糟糕了！這樣高中生活可能會過得很快樂？」的頓悟。

既有聰明的腦袋，口袋又荷包滿滿，陳志忠瞬間變為全班最受歡迎的同學，而他自己也欣然

每天早晨，主任與教官便會在公路局總站調度校車。

接受現實，打定主意「在公立學校學功課，在私立學校學做人」，從此以「維繫良好人際關係」為人生目標。

「陳志忠！」老師怒氣沖沖地吼道。

時空彷若靜止，班上一片鴉雀無聲，同學們全都豎起耳朵。

猶如再自然不過的直覺反應，陳志忠先是一愣，隨即以迅雷不及掩耳的速度把橋牌塞進抽屜，然後拾起桌面的筆，裝出若無其事的模樣。

老師扔下手裡粉筆，轉身瞪著他忿忿地罵道：「虧你每次考試都考第一名，相片還被掛在穿堂展示，我在台上上課，你在台下幹嘛？啊？居然跟那些不讀書的人同流合污？」

空氣鬱滯凝結，尷尬的氣氛在教室上空盤旋，陳志忠望著敞開的書頁沒有答話，其他同學們則默默地等待著，猜想老師馬上就要使出班規修理某人了。也許，這個異常寒冷的冬天，氣血循環不好的掌心得更加寒冷。

然而，老師只是嘆了口氣，語重心長地說道：「陳志忠，你就像是班上的神祖牌，是老師唯一的希望，別人作弊，偏偏你就是不能作弊，大家都把成績放給它爛，就你不能跟著爛！如果連大學聯考最有可能上榜的學生都這樣墮落了，這個班級該怎麼辦呢？」

陳志忠澄澈的雙眼黯淡下來，他無法回答老師沉重的問題，卻深切感受到老師的痛心疾首。生活像一團混亂的棉線，每當他試著理出頭緒，就會出現更多讓他忙於應付的誘惑。

近朱者赤，近墨者黑，大環境就是如此，他也不曉得該怎麼辦。但是，老師的感慨確實在他心中埋下未知的種籽，等到多年後時機成熟，便會萌芽、扎根、長大。

「噹——」適時而來的下課鐘響，救了陳志忠一命。

數學老師面無表情，靜待鐘響結束，然後才闔起講桌上的教科書，一語不發地離開教室。

「呼！」隔壁同學吐了舌，做了個有驚無險的表情。「放學啦，阿忠，你今天穿哪件制服？」

「啊？」陳志忠回過神來。

「問你今天要往哪個方向走啦。」同學說。

他的意思是詢問陳志忠制服上繡的字母是S還是N。S代表南邊，出了校門就得右轉，往桃園的方向走；N則代表北邊，必須排在左轉的隊伍，出校門後往台北的方向行。

陳志忠家住蘆洲，不管是南邊還是北邊，他通通都有辦法回到家，以致於他有繡著S和N的兩種制服，端看當天穿到哪一件，便加入往哪個方向的車隊。

不過，他經常偷偷觀察車隊的評比，再決定

放學時的隊伍井井有條，學生不忘向教官行禮。

隔天要穿的衣服。畢竟學校天天給車隊打分數，評分高的可以先離開，每週還會固定頒獎給表現良好的車隊，所以車隊長非常看重每日的整隊，有時候中午還會吆喝學弟們出來，在操場上特地訓練，務必讓隊伍整齊劃一，學生們也必須從頭到尾保持安靜。

「喂，幹嘛悶不吭氣？」同學推推他的肩膀。

「也許……我真的打橋牌打到走火入魔了？」陳志忠以慢動作收拾書包，一邊自言自語。

「管他的咧！你理老師幹嘛？」同學蠻不在乎地說道：「今天禮拜五，我們等一下去西門町打保齡球如何？」

「又打保齡球？」陳志忠顯得意興闌珊。

「嫌無聊？不然先去冰宮溜冰，然後去彈子房打撞球，最後再去打保齡球。」同學提議。

「我又不會打撞球。」陳志忠說。

「你可以在旁邊加油啊！走嘛，不然一起打橋牌聊天也不錯呀。」同學又說。

聽到「橋牌」二字，陳志忠無神的雙眼彷彿再度注入靈魂，遲疑的心情也開始動搖，他真的太愛橋牌了，只要一想到撲克牌柔軟光滑的紙面，便感受到一陣莫名的戰慄竄過指尖。

「可是，這樣會玩到很晚吧？你爸不是會在門口堵你嗎？他是軍人欸，小心你被吊起來打。」陳志忠還是有些猶豫，但語氣中的鬱悶早已一掃而空。「太晚的話，我會沒有車回家欸。」

「哈哈，早上我就跟我媽報備了，說今天要和班上的第一名一起讀書，所以會晚點回家。」同學洋洋得意地說。

「拿我當免死金牌？」陳志忠斜睨對方。

「反正如果太晚的話，我再騎摩托車送你回去就好啦。」同學拍拍胸脯，做出發動引擎、扭轉油門的手勢。

陳志忠斜睨同學，挖苦說道：「那我怎麼辦？要是我爸看到一個全身上下都穿不合格訂做衣服的同學送我回家，恐怕不會太高興。」

「你還不是全身訂做？」同學反過來上下打量陳志忠，還伸出手來拉扯他的褲管。「看看你的褲子，飄來飄去，這什麼料子？」

「起碼我的喇叭沒你那麼誇張。」陳志忠嫌棄地說。

「沒關係啦，那我就拿出我的獎狀，讓他知道我是好人！」同學咧嘴一笑，推了陳志忠一把。

「你少來，獎狀我更多張。」陳志忠推了回去。

同學哈哈大笑，勾著陳志忠的脖子步出教室，兩人並肩往車隊的方向走去。

等待中的校車在忠孝樓前方停泊，學生整齊列隊依序上車。

夕陽西下，層層疊疊的雲霞堆疊在天際，彷若濃烈的火光正大口吞噬著地平線。

恆毅中學的操場上，等待放學的學生們形成一道綿延數百公尺的漫長隊伍，卡其色的人龍好比蜿蜒的涓涓細流，以固定速度向校門口推進，相互輝映著渲染大地的晚霞。

高崇平是車隊隊長，正忙著指揮隊伍乖乖排列。在他肅穆口吻的要求下，其他學生們全都一個口令一個動作，絲毫不敢造次。高崇平擔任幹部，擁有類似教官約束力的車隊長，那是一種跨越班級和年級，讓所有學生聽命行事的威權。

儘管如此，上有政策下有對策，隊伍中還是免不了竊竊私語。

「欸，聽說昨天有幾個學長在冰果室和徐匯中學的打架耶。」同學向陳志忠使了個眼色。

「喔？怎麼搞的？」陳志忠低聲問道。

「就西站的冰果室那邊嘛，每次五台專車的兩百多個人下車以後，都在附近形成像是劃地為王一樣的幫派，和徐匯專車的互相看不順眼。昨天也不知道為什麼，反正兩邊一言不和，就從書包裡抽出鐵尺互毆了呀。」同學邊注意車隊長的動靜，邊小聲回答。

「這算什麼理由？」陳志忠嘀咕。

「是誰在講話啊？」車隊長大吼，銳利的目光彷如箭矢，射向可疑的同學。「不要被我抓到害群之馬！」

幾名學生的嘴巴頓時如被碰觸的含羞草般閉合噤聲，但是，調皮的基因根植於心，等到車隊長漸漸走遠，細微的騷動再次舒展而開。

「打架還需要理由？就精力太過旺盛嘛。」同學以耳語般的音量再次說道。

「打架的事我可以證明。」一個不認識的別班同學插嘴，對兩人說道：「我高一上的時候讀徐匯，每天放學就打恆毅，高一下轉過來恆毅，每天放學就打徐匯。」

「吃飽了沒事互毆？」陳志忠搖頭，他喜歡橋牌，喜歡和好友消磨時間，但對於暴力行為可就興趣缺缺。

「可能本來是小衝突，然後兩邊都開始找靠山，事情就愈鬧愈大，我還記得徐匯的同學被人揍的鼻青臉腫，我們問他誰幹的，他就說是『盾牌』打的。」轉學生聳了聳肩。

「盾牌……」

「就校徽嘛。」

「喔。」

「也不知道為什麼，反正，打架好像已經變成一種慣性活動了。」

「這沒什麼，以前還有學長跟新莊的角頭起衝突，跑回學校拿標槍出去開打的咧。」同學將下巴指向車隊長，在他身後扮了個鬼臉。

八成是即將放學的輕鬆心情感染了每個人，周遭學生們聞言後掩嘴竊笑，個個樂不可支。

百餘公尺外的忠孝樓辦公室內，李遵信老師凝望操場，他看見隊伍之間，幾名學生正偷偷摸摸地在車隊長背後擠眉弄眼。他忍不住搖頭嘆息，眼看幾輛校車陸續離開校園，萬一這些血氣方剛的少年一踏出校門便在外頭惹是生非，該怎麼辦？

校車自聖堂前方駛過，李遵信老師默默祈禱，願天主指引這些迷惘的羔羊，一如祂當初看顧自己。

其實，自己年少輕狂的時候，何嘗不是一天到晚耍寶鬼混？

回憶似乎又鮮活了起來，李遵信老師的嘴角泛起笑意，二十年前的學生流行跳吉魯巴，每到下課時間，同學們就開始在走廊上練習基本舞步，側踏、後點、重複、換位，一群男生湊在一塊兒，嘻嘻哈哈、你推我擠，即便是亂跳都覺得好玩。

除了跳舞，偷饅頭也是一大樂事。

偶爾住校生聽說隔天的早餐是饅頭，閒來無事便摸黑溜進廚房裡偷饅頭，為的不是肚子餓，也不是嘴饞，單純就只是好玩。

次日，他們把偷來的饅頭挾帶進入教室，分給其他非住校生的同學當點心，順便籠絡班級感情。奇怪的是，明明只是麵粉加水蒸出來的東西，平常滋味平淡，此時塞進嘴裡竟異常香甜，尤其分不夠的食物又格外美味。

有道是「人不輕狂枉少年」，以這種不法方式取得的饅頭，大家你扯一塊我撕一邊，亦好比山珍海味。

李遵信的前兩年高中生活就在玩耍和嘻笑怒罵中度過了，日子十分歡樂，書倒是沒讀進多少。他只對國文比較有興趣，其他科目通通讀不通，唸不下書也不當一回事，反正其他同學也差不多都是如此。

「為什麼要讀歷史？歷史都是些死人的事情。為什麼要讀地理？地理都是教些我沒去過的地方，我最遠只有去過桃園，搞不懂記那些要幹嘛？」他雙手一攤。

然而高三那年，一位新來的化學老師卻澈底改變了他的生命。

猶記得前一位「舊」化學老師正是被他給氣走的。某一天，舊化學老師剛發完小考考卷，被難看的分數氣得七竅生煙，罵道：「這到底是什麼爛成績？不像話，我這題目已經簡單到不能再簡單，拿到初二去考他們都會寫！」

坐在台下的李遵信一時氣不過，便反唇相譏：「那你拿去考初二啊，拿來考我們幹嘛？」舊化學老師哪能容忍學生頂撞，他雙眼暴突，手上的教科書一扔，頭也不回地衝出教室，從此沒有再現身。

那件事情讓李遵信差點被學校開除，僥倖逃過一劫後，學校又派了個新的化學老師。沒想到新來的化學老師個性非常溫和，不僅沒有對李遵信懷抱偏見，還意外替他開啟了人生的一扇窗。

新化學老師是個家住三重的督教徒，週末都在教會裡服務，當時還沒有週休二日，禮拜六必須上班上課半天，有一次，新化學老師邀請學生在週六夜晚參加教會的青年團契，說是剛好輪到他講道，學生們可以來聽聽看。

李遵信的幾個好朋友聽了，覺得似乎挺有意思，便拉著李遵信一塊兒去。李遵信記得很清楚，為了準時赴約，他在週六放學後繼續留在學校晃盪，直到晚上才出發前往位於三重的教會。

改變人生的那一天，他比朋友們更早抵達目的地，剛走進去，便注意到那些信教的年輕人和自己很不一樣……

教友們一邊玩乒乓球一邊高聲談笑，他們的遣詞用字非常乾淨斯文，言語玩笑間不帶一句髒話，即使少了很多時下年輕人愛用的「語助詞」，他們依然歡欣鼓舞，絲毫無損活絡的氣氛。

霎時間，李遵信感到既自卑又羨慕。

反觀自己和朋友，說話的語氣和態度總是很誇張、很臭屁，格調上和教友們具有明顯的不同，他忽然無法理解自己從前的所作所為。

那個晚上下來，新化學老師究竟講了些什麼，他其實有聽沒有懂，但是，當老師邀請學生隔天來做禮拜，其他三個同學都開溜了，李遵信卻留了下來。

他在教會中體會到前所未有的平靜，接著開始翻閱聖經，即便因為初學，讀不出箇中滋味，仍然喜愛浸淫在一篇篇聖經故事中的寧靜氛圍，那是一種整個人由裡而外沉澱下來的美好感覺。

一日，李遵信陷入苦思，他想要用功卻找不到合適的方法，茫然之間翻開了聖經，書頁自動展開，一段充滿智慧的話語躍然紙上——

「敬畏耶和華就是知識的開端。」

頓悟來得突然，眨眼間時光彷彿凝滯，這句話如醍醐灌頂般，讓李遵信整個人豁然開朗。沒錯，他正是開始上教會、開始「敬畏耶和華」後，才重拾書本，乍現想要努力用功、接觸「知識」的企圖。

這句箴言彷如李遵信專屬的幸運簽餅，他把箴言抄錄在每本課本和筆記的封面內頁，彷若某種立定志向的儀式。這麼做以後，他感到耳清目明，讀書變得有條理了，知識也都記得進腦子裡。

「唉呀，你一定是想追那個很漂亮的北一女，所以才跑教會跑得那麼勤！」好友曾經揶揄他。但是他心知肚明，他享受的是那股祥和愉悅的氣氛。

脫胎換骨以後，從前和課本水火不容的小伙子，進步到歷史、地理都有把握考滿分，把全世界都儲存在腦海裡，何嘗不是一種神蹟？

宗教信仰成為他人生的轉捩點，造就為人師表的使命感，李遵信老師親身體會過青春的迷惘與苦惱，所以他不太逼迫學生，反而以圓融的方式提醒班級「該念書就念書，該休息就休息」。

大概是這份執著的信念，讓他深受學生愛戴。某次他生病請假，陳偉弘（日後成為歷史老師）和班上同學還特別在放學後搭上前往台北的校車，衝到老師家探望。

眼前，最後一輛校車終於駛離大門，奔向錯綜的馬路。

李遵信老師衷心盼望，每一位恆毅的學生都能找到自己該走的路，即便曾經迷失方向，都只是短暫的過渡時期，等到他們長大了懂事了，自然便能理解生命的安排了。

令人戰慄的腳步聲

幽暗的轉角中，光線曖昧不明，一個高壯的身軀在牆上投射出巨大的陰影，把交談對象的瑟縮身形籠罩在內，高個子渾身散發出一種宛如蛛網般的影響力，讓對方動彈不得。

「最近怎麼樣？」高個子問道。

「馬……馬馬虎虎。」對方結結巴巴地回答。

「沒幹什麼虧心事吧？」高個子又問。

「沒有啦。」對方連忙否認。

「你的那幾個好朋友呢？」高個子逼近，讓對方嚇得渾身哆嗦。

「我們都是循規蹈矩的良好公民，沒有惹事啦。」對方哭喪著臉辯解。

「很好，你們最好給我安份一點。」高個子冷笑，又道：「我的管區裡有哪些死角，我可是再清楚不過，聽說昨天又有人跑到空地談判？」

「有嗎？」對方心頭一凜。

「哼哼，別跟我裝傻，如果有什麼行跡可疑的消息，你會事先告訴我，對吧？」高個子道。

「那是當然。」對方點頭如搗蒜。

「好了，你可以走了。」高個子拍拍筆挺的制服線條，揮手打發對方離開。

廖振華教官（左一）、周碧湖教官（右一）與學生合影。

「是，謝謝教官！」學生一溜煙跑得無影無蹤。

教官雙手叉腰，環顧整個恆毅中學的校園。預防勝於治療，為了維護學生安全，偶爾化身為聯繫線民的警探，也是必要的角色扮演。他的腦海中詳列了一張麻煩人物名單，平時若是耳聞某些消息，或對糾紛心存顧慮，先去找學生溝通看看就對了。

身為教官，必須清楚掌握校園死角和學生動向，例如前任教官朱惠禎老師就曾提及，以前位於地下室的福利社、若石樓邊間廁所和活動中心的正後方，都是容易聚眾滋事的危險地帶。

教官還不能有「臉盲症」，雖然全校學生多達幾千人，教官也必須盡可能認得學生的臉，最好還能和名字連得起來，「關鍵時刻」若是學生們一哄而散，教官起碼知道事後該找誰來詢問。

也許學生會覺得奇怪，難道教官有火眼金睛？否則怎麼可能從一大早上學的眾多面孔中，挑出服裝儀容不整的學生？又不是玩「大家來找碴」。

其實，教官還真的內建敏銳的雷達系統，他們相信凡走過必留下痕跡，凡做錯必付出代價，當學生不符合規定，行為舉止中必會流露心虛，往往學生注意到教官的身影時，教官已經發現學生的異狀，在人群中搜索、定位完成了。

「若是你小孩的服裝儀容或書包改變，就是行為已經不一樣了。」教官總會這麼提醒家長：「從打扮中尋找蛛絲馬跡，是了解孩子變化的重要指標。」

在考場上抓作弊也是相同的道理，作弊的方法有千百種，偷翻書、做小抄、使用通訊器材甚或偷看隔壁的答案，無論是哪一種，教官都不可能視而不見。「作弊不可能沒被發現，是看老師要不要發現。」朱惠禎老師深深相信。

以朱老師的監考經驗來說，她習慣站在可以綜觀整間教室的講台上或兩側，鮮少往中間的位置走動。她說，通常心裡有鬼的學生一定會頻頻偷瞄老師，不然就是隔壁同學會一直轉頭打量作弊的人，所以舉凡小動作頻仍、不停抬頭的學生，便等於高聲宣告自己的作弊行為。

從前，劉嘉祥神父也是抓用紙條作弊的能手，八成也是掌握類似的心理。

天空灰濛濛的，雲層壓得很低，彷彿就要下雨了。隔著一段操場，教官在廊間徘徊不去，時不時於柱子後方探頭，他觀察到一群不同班級的學生聚集於走廊尾端，感覺就是有什麼「擺不平」的問題，和天氣一樣不太穩定。

從前的教官還能搜查學生書包，後來因為怕引發爭議，所以教官多半在大庭廣眾下，有目擊者的時候才進行搜身。隨著時代變遷，教官和老師頂多只能以規勸的方式，以免學生鑄下大錯。

恒毅學子齊握校旗，嚴格的校風管理下，學生們的態度也十分嚴謹。

為此，學校還特別錄製了一支「校外人士入侵」的宣導短片，透過影像傳播的方式，讓學生了解當危機近在眼前，校方的SOP標準作業流程將會如何運作，間接提醒學生避免惹上麻煩。

「欸，教官啦！」眼尖的學生大喊。

教官的制服實在太過顯眼，早在距離一百公尺外，學生們便識相地各自散開，有如被捅破的蟻丘。

教官將手揹在腰後，若無其事地巡過走廊，皮鞋膠底在長廊上踏出一道無形卻深具份量的軌跡。若是能遏止不法行為，船過水無痕未嘗不是一件好事。

有人說，最成功的教官是讓學生又愛又怕，但是若沒辦法兩者兼顧，教官寧可讓學生害怕。儘管無緣登上「最受歡迎教職員排行榜」，教官也覺得無所謂，就像被警察開罰單的人，難道會喜歡警察嗎？

上課鐘聲響起，楊濟銘老師和教官錯身而

頭戴圓盤帽的學生自劉嘉祥校長手中接過獎狀，畢恭畢敬的態度可見一斑。

過，相互點頭致意後，兩人便各自返回崗位。

楊濟銘老師將廊間發生的一切看在眼裡，他想起自己學生時代的教務主任「阿暴」－孫澤宏主任，當時，光是聽到阿暴主任的腳步聲便渾身發抖，高崇平老師也曾說自己天不怕地不怕，唯獨聽到阿暴主任的嗓音就會「皮皮剉」。

相較之下，現代教官的行事風格已經人性化許多了。

楊濟銘老師分秒不差，準時踏進了教室，學生們的臉龐映入眼簾。

不過，在他潛意識中倒映的另一個鮮明影像，是學生時代的阿暴主任巡堂，在發現教室沒有老師後，堅持站在門口等待遲到老師現身，然後對老師說了聲「請進！」後才轉身離開的畫面。

嚴苛，又不失尊重。正是這份嚴謹的態度，多年來不停督促著楊濟銘老師，像是一把刻度分明的尺。

也許很久以後，教官那令人戰慄的腳步聲，也會像午夜夢迴的鐘擺，不斷提醒恆毅中學的學生們行得正坐得直。

掌握資訊

突破錄取率「0」

「背號粉紅五！哇，跑得好快！」評審的聲音透過麥克風大聲放送。

操場旁群情激動，吶喊聲震天價響。「加油！老師加油！」尖叫此起彼落，操場周圍滿滿都是人，這天是段考結束的下午，也是例行性的大隊接力比賽時刻。

溫旺盛老師在手指碰觸接力棒的同時彈射出去，好比時速零到一百公里只需要四秒的超跑，她奮力擺動雙腿，速度快得讓人看不清，所經之處掀起一陣旋風，眨眼間只剩下模糊不清的殘影。

「啊……」高三義班同學們努力以視線追尋老師，他們邊叫邊跳，還有人在場外跟著老師跑，當溫旺盛老師一路衝過中心線，交

大隊接力是段考後的盛事，各班無不為了爭取榮耀而卯足了全力。

棒給下一位同學時，亢奮的歡呼聲也直達最高點。

放眼望去，整個高中部三年級，溫旺盛老師是唯一一位加入大隊接力的班導師，而她這一跑，已經跑了二十八年……。

手裡握著嶄新的高一班級學生名冊，溫旺盛老師凝神細讀，眉宇間擠出一道細細的褶紋，讓她剛毅的臉部線條更顯銳利。

溫旺盛老師正在仔細研究學生的背景資料，她詳讀每個孩子的國中母校、家庭成員以及地址電話等資訊，藉由點點滴滴的線索，將模糊的形象拼湊成形，一個個變得更立體。她對自己的記憶力很有自信，能將每一條資訊牢記於心，然後在關鍵時刻派上用場，彷彿擁有「過目不忘」的超能力。

學生常驚嘆於她廣闊無垠的大腦資料庫和良好的邏輯性，只要溫旺盛老師想要記住，她就真的記得起來。如果以衣櫃來打比

榮獲連續三年冠軍的第89屆高三真班透露，秘訣在於將強棒排在最前面5棒和最後2棒。

方，普通人的腦子就是當季和過季全混在一起，搞不好還快要爆艙的那一種，而溫旺盛老師的衣櫃則有條不紊，連材質、顏色都能分門別類。

民國七十九年，是台灣人心情猶如乘坐雲霄飛車的一年。該年台股創下歷史新高12682.41點，之後又在一年內一路跌到2485點。

這個時期，學生都稱溫旺盛老師為「小溫」。「小溫」老師對待學生的方式，也像是搭雲霄飛車般高潮迭起。

嚴格自律的個性使然，加上優於常人的記性也幫了不少忙，溫旺盛老師的學生時期一路順遂，她相信只要付出努力，就能得到相對的報酬，以優異成績畢業於師範大學化學研究所更是印證了她的理論，所以，溫旺盛老師懷抱堅定的信念投入教育工作，在她宏偉的藍圖中，每堂課都該講得精采，每個學生也都該學得會。

要是真的那麼容易就好了……

來恆毅中學教書的第一年，溫旺盛老師便和學生們擦撞出四濺的火花。

在當年的考試制度下，會被分發進入恆毅高中部的學生，通常是公立學校落榜的人。十來歲的孩子，人生尚未經歷重大挫折，聯考失利已經是最為羞愧的大事，是媽媽在街坊鄰居面前抬不起頭來、逢年過節難以面對親戚詢問的羞恥。

所以，普遍而言，恆毅的高一新生自尊心都非常低落，這種厭惡的眼光投射在整個校園裡，他們放棄自己，也認為其他同學大概都是半斤八兩，而制服和書包上繡著的恆毅校徽猶如象徵「失敗」的紅字，往後三年，都是困在身上難以掙脫的枷鎖。

起初，學生們的心情讓「小溫」老師十分難以理解，就像白天不懂夜的黑，WIFI納悶撥接跑得慢。她頂著名校碩士畢業生的殊榮，天才哪裡能明白落榜生的心痛？

儘管做了諸多準備，也自認為上課內容充實精采，然而，台下學生們呆滯的表情，卻嚴重打擊著溫旺盛老師的信心，讓她擔任教職的第一年倍感艱辛。尤其那時學校經營不善，應屆大學錄取率慘澹掛零，更是令她大呼不可思議。

「老師，我聽不懂。」學生老實反應。

「怎麼可能聽不懂？」溫旺盛老師皺眉。

她甚至連錄取教職的過程都相當順遂，看到恆毅中學的教師甄選後，和孫澤宏主任進行了一次面談，然後就直接走馬上任了。

隔著一道講台和身分的高低差，雙方大眼瞪小眼，溝通的頻率好似相互平行難以接軌，在他們眼中，對方就像某種前所未見的新奇外星生物。

後來，溫旺盛老師試著站在學生的立場，學習以他們的角度作思考，才漸漸對結合了「私立高中生」和「青少年」的這種生物有所認識。溫旺盛老師以不屈不撓的精神，慢慢修正自己表達的方式，幾經磨練後，終於找到讓學生聽得懂的教法，成功跨越障礙。

此時，溫旺盛老師的視線掠過手腕錶面，她看看時間差不多了，便將學生名單擱在辦公桌上，起身往教室走去。甫踏上講台，教室內便掀起一片譁然。

「溫旺盛是女的？我以為是男老師！」學生們驚呼。

「對，你們沒有看錯，我的名字是溫旺盛，我是女老師。」溫旺盛老師篤定地回答。

和新的班級相見歡，她通常先自我介紹，花幾分鐘做個簡單的開場白，緊接著便話鋒一轉，開宗明義把自己的底線挑明了講，溫旺盛老師向來不喜歡浪費時間，總是直接切入重點。

「各位同學，我們先把規則講清楚，在班級裡就該有班規、有守則，只要違反規定，自然就要受罰。你如果有其他的原因想跟老師溝通，可以私底下來找我，我會考量狀況給予彈性，但是請不要在教室裡衝撞規定，那我絕對不會留情。」

溫旺盛老師一口氣把話說完，由於自認為是個很有「power」的老師，這股力量同樣地也反應在她的思緒和口吻上，聲線清晰、語調急促是溫老師的個人特色，她把這種氛圍帶進班級，希望學生們也能自動自發、井井有條。

聽完溫旺盛老師的一席話，大部分學生早已被她強大的氣勢懾服，個個坐姿端正，不敢造次。可是，仍然有少數幾個學生懶洋洋地以手撐著下巴，一臉桀驁不馴地瞅著黑板。

心思敏捷一如「小溫」，一看便曉得距離降服整個班級，還差了那麼一點點。

於是，溫旺盛老師繼續用連珠炮般的語氣說道：「各位同學，老師的記憶力很好，我能熟記每個學生的名字、家裡電話號碼和考試分數。而且不只是我自己的導師班，就連其他任課班級的學生我也記得起來，所以，不想讓我記仇，就不要找麻煩。」

一陣細索的聲響傳來，教室裡又多了幾個正襟危坐的學生。但是，扣除那些瞠目結舌的面孔，還有一兩個同學露出半信半疑的神情。

溫旺盛老師似笑非笑，又道：「我另外還有個習慣，就是至少會記住每位學生的其中一個家長名字。」

她隨機背出一串人名和電話，每個被點名的學生都彷若遭受雷劈，眼裡浮現混和了不可思議的驚恐，沒被點到的學生則嘖嘖稱奇。此時此刻，溫旺盛老師相信自己離大獲全勝已經不遠了。

眾人之間，一位坐在角落裡的男同學撇了撇嘴，溫旺盛老師目光一掃，立刻捕捉到那條漏網之魚。

「丁智強（化名）之子，你給我過來，有意見現在說清楚。」溫旺盛老師朗聲說道。

角落裡的丁同學差點兒跌下座位，他訥訥地自座位上起身，雙手貼在兩側。「老師，我沒、沒意見。」

「我有給你機會發表意見，是你自己不要的喔，坐下吧。」溫旺盛老師揮揮手。

丁同學趕忙調整坐姿，喃喃自語道：「這記性也太可怕了吧？」

學生們的眼裡半是恐懼半是佩服，到了這個階段，溫旺盛老師相信自己已經把話講得十分明白。

「老師喜歡單獨和你們私下談話，慢慢培養感情，對了，老師也喜歡跟家長分享孩子的在校狀況，只要假日有空，就會抽空打個電話聊聊，所以，假使有意願多製造機會和老師接觸，老師也非常樂意。」她說。

老師的語氣輕快，話中的意思卻沉重無比，在學生腦海中激起劇烈的漣漪。日後，他們將會時時刻刻戰戰兢兢，把老師的原則記在心裡。

環顧四周，溫旺盛老師頷首，說道：「很好，我們開始上課。」

儘管說一是一、說二是二，規矩相當明確，但只要學生不試圖踩線，溫旺盛老師不會吹響犯規的哨音。在磨合了一陣子以後，「小溫」老師調整授課方式，時時思考如何帶班，與年紀相近的學生們愈來愈像朋友。

那年，一位學生對溫旺盛老師本科的化學衍生濃烈興趣，溫老師注意到他的表現，乾脆培養他參加化學科展，希望能鼓勵他一展長才。

學生於科學館實驗室上課，募款而來的器材設備讓人格外珍惜。

做科學展覽是一件耗時費力的工作，必須選擇有發展性的主題，然後著手研究內容、提出假設並且擬定實驗計畫。在外人眼裡，實驗過程通常規律且枯燥，必須不斷觀察分析，最後寫出報告和摘要，再製作成準備展出的看板。

除了老師的協助，學生也必須非常自律，方能確實掌握進行步驟的時間表，並將自己有興趣的主題以數據化的方式呈現。

在師生二人的同心協力下，最後科展的成果傲人，學生不僅榮獲北區第二名，更奪得省賽第一，得到了直升大學的絕佳機會！

令人振奮的好消息讓學生對化學的熱情燃燒得更加猛烈，他選擇就讀成功大學化學系，溫旺盛老師也感到與有榮焉，付出的心血總算得到回饋。

這歷史性的一刻，打破了恆毅高中「大學錄取率掛零」的魔咒，為恆毅翻開閃亮的扉頁……

民國一百零七年，溫旺盛老師從「小溫」變成「溫姊」，然後又變成了「老溫」。

任課班級的學生都比自己孩子的年紀更小了，「老溫」老師同樣記憶力驚人，絲毫沒有退化跡象，講話的速度也一樣飛快，稍不留神便容易錯過她敏捷的思路。

不同的是，隨著時代變遷，「老溫」老師意識到以往「萬般皆下品、唯有讀書高」的觀念已經落伍，高學歷並非人生唯一的選項，她認為應當先把孩子們的品性調教好，引導他們找出自己的人生目標，最後每個人都能考上與自己程度匹配的最好學校，讓才能得到發揮而不致於埋沒，才是最理想的結果。

溫旺盛老師一直盡力讓自己與時俱進，隨時保持調整的彈性，就像有些老師會覺得，帶學生進實驗室太過危險，學生可能會打破器材，或是製造出什麼恐怖的實驗品。

但溫旺盛老師堅持實際操作有助於加深印象，與其待在教室看投影片，不如真正走進實驗室搞懂前因後果，才能讓學生印象深刻、對科目產生興趣，這才是教育的意義。

為人師表的責任亦表現在生活常規的指導上，教書之餘，溫旺盛老師也和學生聊聊人生道理，分享將來可能遭遇到的問題。

「便當回來囉！」溫旺盛老師拎了滿手便當，匆匆走進教室，深怕假日來學校自習的學生們餓著了肚子。

由於學校重視安全問題，大夜結束後、週末假日裡，只要學生來學校唸書，就一定要有成人陪伴。溫旺盛老師時常留校陪學生自習，還會親自騎摩托車去幫學生買便當，假使少訂一個，她就再騎車出去一趟，讓每個人都能吃到熱騰騰的愛心便當。

「慢慢吃，吃飽了休息一下，再繼續努力。」溫旺盛老師叮嚀：「不要只讀擅長的那幾科，時間要平均分配。」

「啊？不能睡個午覺喔？」學生撒嬌。

她雙眼一瞪。「如果你將來只想領22K，又要繳房租又要談戀愛，要怎麼活得下去？不當啃老族才怪！拜託多想想出社會後要怎麼養活自己。」

「好啦。」學生們默默將食物塞進嘴裡，臉上漾著微笑。

溫旺盛老師繞著教室走，一邊撿拾垃圾，幫忙整理環境，嘴裡不忘叨唸著：「看看你們，滿地垃圾沒家教，老師只帶你們三年，只倒楣三年，你們爸媽可是會倒楣一輩子。」

「老師，不要講那麼絕情的話。」一個學生死皮賴臉地說。

「靠，老師你不要詛咒我爸媽啦。」另一個學生哀號。

「有哪裡說錯嗎？本來就是這樣。」溫旺盛老師板起臉孔：「不要每天只知道滑手機，都要考試了，連基本的都還不會！還有啊，老師可不是不會講粗話，我只是不想講，你們講三字經是侮辱了你們爸媽。」

日復一日的訓斥、鼓勵、指正、引導，雖然可能需要漫長的三年時間才能看出成果，雖然每天必須工作超過十二小時，但是溫旺盛老師卻樂在其中。

她曾經有機會跳槽到公立學校，可是，縱使公立學校對一名老師而言具有諸多好處，例如工作時數較少、退休後有月退俸等，但溫旺盛老師考量到對恆毅中學難以割捨的感情，加上還得兼顧家庭與孩子，又毅然選擇留下。

畢竟，她已經在這個環境裡投注太多「自己」，回想過往人生，幾乎有泰半回憶都發生在這塊土地上。從早上七八點的早自習開始，直到晚上八九點的晚自習，每天待在學校超過十二小時，相處最久的不是家人，而是學生和同事，怎麼可能不產生情感呢？

回想自己的中學生活，唸的是頗富盛名的公立學校，所以她再清楚不過。公立學校的老師不會像個老媽子般跟前跟後，除非是表現非常突出的學生，不然很難被注意到。

相對而言，恆毅中學的老師彷彿二十四小時隨時待命，好比人民保母和打火英雄的綜合體，辛苦，但是絕對值得。只要老師發自內心地關懷學生，學生自然會成長茁壯，並給予相對友善的回應。

真正的愛，是陪伴。看著孩子們日積月累的進步，從中獲得的成就和情感交流是普通公立學校所比不上的。

「等等，老師，您怎麼了嗎？」一位學生攔住溫旺盛老師，擔憂地問。

原來，溫老師手裡捧著一疊卷宗，拔足於校園裡的長廊上狂奔，她俐落的短髮隨風飄揚，褲裝恣意拍打腿部，十萬火急的模樣嚇壞了路過認識的學生。

溫旺盛老師停下腳步，她推推細框眼鏡，不以為意地回答道：「沒事啊，只是不想浪費時間。」擁有田徑隊背景的溫旺盛老師，無論是身材還是體能都保持得很好，多年來和學生一起跑大隊接力，藉以鼓舞士氣。

急性子的她說話快、跑步快、腦筋動得快，就連送公文也會用跑的，還會事先思索要去哪些處室，然後規劃出一條最短路線，一次跑完全部的點。

對溫旺盛老師來說，時間是如此珍貴，花在學生身上都不夠了。

讀書、讀書和讀書

黑板上寫滿算式，數學課進行到一半，楊濟銘老師站在講台上賣力演算題目。他身材修長，動作不疾不徐，說話的語氣不慍不火，優雅卻強大的氣場宛若獵豹，鏡片藏不住的銳利眼神總能輕易攫住學生的目光。

楊濟銘老師帶的班級是「直升班」，在恆毅中學裡，直升班意味著學生程度更高、考試更多、壓力更大，也必須花更多時間留在學校唸書。相對而言，老師也得加倍付出時間和心力，陪伴這些天資聰穎又努力向學的孩子。

同一個校園裡，楊濟銘老師總是想起自己學生時代的導師－英文老師吳美惠老師。吳老師就像是個和藹可親的老奶奶，常對學生噓寒問暖，天氣冷了叮嚀多穿幾件，自習晚了還會煮東西給學生吃，濃濃的人情味在楊濟銘老師心中留下深刻印象，成為他日後從事教職的典範。

所以，他常告訴自己，千萬別淪為缺乏教育熱情的教書匠，「老師」不是一種打卡上下班的職業，他絕不會聽見下課鐘響，便拍拍屁股轉身離開。在他眼中，每個學生都像是自己的孩子，他願意為孩子付出下班後的私人時間。

這時，隔壁班教室再度響起「啪、啪、啪」的教鞭抽打聲。

楊濟銘老師沒有理會，藤條劃破空氣的咻咻聲，在恆毅校園裡頭就像蟲鳴鳥叫一樣再自然不過。

楊老師中學時期也是就讀重點班，當時以智A、智B、義A、義B、勇A、勇B作為區分，每學期清算一次成績，成績好的進A班，落後的則流放B班，是血淋淋的競爭與淘汰機制。

當然，體罰從來沒有少過。未滿一百少一分打一下是家常便飯，所以他聽說有些學生為了喘口氣，常會於晚輔導時間躲到聖堂去望彌撒，即使只有二十分鐘也好，就算會把經文背得爛熟也罷，只要能暫別課業壓力，灑灑聖水獲得心靈平靜，就算本身並非教徒，能在聖堂中得到天主的庇佑總是好的。

「啪、啪、啪」的聲音再度傳來。

楊濟銘老師仍舊沒有反應，上著自己的課，管著自己的學生，軟硬兼施、恩威並重。

陪伴，是堅定信念的基石；鞭策，才是督促進步的推力。

隔壁班是杜天佐老師帶的直升班，也是第一屆別稱「國立大學衝刺班」的班級。

教室內塞了近五十名刻苦用功的學生，相互砥礪的競爭氣氛濃厚。

冠上這個封號的緣由，是為了讓家長放心把國中部的孩子留下來直升高中，校方以加倍的大考小考和幾乎沒有假日的嚴格管束來掌握學生，希望能讓榜單更亮眼，學生、家長、學校三贏，老師也能引以為榮。

若是不說破，走在路上很難猜出杜天佐老師是個高中老師。他可以平易近人與你說笑，也可以執起教鞭板起臉孔，無論是當老師還是當學務主任，在不同身分的切換上皆游刃有餘，似乎天生就是吃這行飯的料。

早在大學剛畢業，杜天佐老師便展露出對教書的濃厚興趣，他曾擔任補習班講師，更擁有一種特別的天分，能將知識內化、然後再轉化為學生能夠吸收的語言，灌輸給講台下的學生、提高數學成績。在杜老師的指導下，數學習題不再是晦澀難解的古怪天文。

在補習班待了一陣子以後，一個偶然的機會，杜天佐老師在報紙上看見恆毅中學甄選數學老師的分類廣告，他略作思考，認為這是個調整人生方向的好時機，於是轉而投入正規的教育體系。

面試一如預期的順利，孫澤宏主任熱情歡迎杜天佐老師的加入，此後，杜老師一待就待了幾十年。天主教學校對他來說並不陌生，杜老師國中、高中時期在徐匯中學一共唸了六年，加上輔仁大學的四年，等於前後十年都沐浴在教會學校嚴謹、慈愛兼具的環境中，在恆毅中學擔任老師自然是得心應手。後來，果然也不負眾望，交出了漂亮的成績單。

杜天佐老師獨樹一幟的帶班秘訣是「拉前推後」，好比引領羊群的牧羊人。他認為帶領程度優秀的班級，只要緊盯前段和後段的學生，成績中間的反而不必特別注意。當一個羊群中最前方和最後方的羊隻動了，位於中段的必然會受到推擠，感受到來自後方的壓力，於是努力跟上前人腳步。

此外，他堅信和學生、家長保有共識也是相當重要的一環，樹立明確的目標後，大家方能一起努力往前邁進。畢竟分不清東西南北、愛唱反調的羊群，無論如何鞭策，都只是橫衝直撞而已。

為了達成「衝刺國立大學」的任務，和楊濟銘老師一樣，杜天佐老師待在恆毅校園裡的時間遠超過在家，就算是週末也常往學校跑，或是陪學生自習、或是舉辦活動。

由於目標清楚、意志堅決，儘管指針溜過晚上八點，常常整個校園都熄了燈，唯獨直升班教室還光明大作，這些帶班老師們也從不喊累。見到老師這麼認真，上行下效，學生也不好意思怠惰偷懶。

「分數標準都是你們自己訂的，挨打也該被打得心甘情願，是吧？」杜天佐老師放下手中藤條。

「老師，我們上一堂課已經被打過

學生們埋頭於書法課之一景。

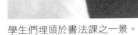

了，這堂課又打……」學生揉著紅腫的掌心，委屈地說道：「手都快沒有感覺了。」

「這不就是剛考完段考的熟悉光景嗎，同學們，別忘了下一堂課是英文課。」杜天佐老師意味深長地說道。

「噢，不！」全班頓時哀鴻遍野。

想要考上理想大學，光是導師教的數學表現優異，可是絕對不夠的，必須其他科目並重，一起拉抬成績才行。

所幸「國立大學衝刺班」具備完善的師資團隊，老師們都非常願意投注時間心血，噢，以及體力，打人的時候不會手軟。而其中教英文的，正是讓學生們又愛又怕的謝怡靜老師。

謝怡靜老師是一位個人風格非常強烈的老師，就算身處於一大群人之內也很難不看見她，謝怡靜老師正是如此突出耀眼，絕對不會被忽略埋沒。

這一切，都源自民國七十九年的夏天，當時謝怡靜老師就像一陣旋風，自恆毅中學的校園席捲而過……

芳齡二十出頭的謝怡靜老師有一雙圓圓亮亮的大眼睛，她從高雄中山大學外語系畢業以後，暫時沒打算找工作，只是暫回北部家鄉，探望久別的母親。

當時母親有位在恆毅中學教書的友人，見了她以後便提出邀請，希望她在暑假期間到校幫忙。那年，適逢恆毅中學開始大規模招生，班級番號由智A、智B、義A、義B、勇A、勇B更改為智、義、勇、節、信、望、愛、真、善、美、聖、誠、勤，師資供不應求，而謝怡靜老師的教書處女秀表現不錯，孫澤宏主任大為賞識，要求她立刻來恆毅上班。

「不要，我還想繼續玩。」謝怡靜老師斷然拒絕。

本來只是暑期打工，突然變成正式聘用，謝怡靜老師心想，我還沒調整好心情，還想回高雄去呢。

「別玩了，孩子，該是正視人生的時候了。」孫澤宏主任苦笑，希望能打動眼前擁有才華卻不打算好好利用的年輕女孩。

「那讓我想想吧。」謝怡靜老師回答。

後來，在孫主任和母親的賣力說服下，謝怡靜老師接受了長輩的意見，同意到恆毅中學擔任英文老師，不過，她還是玩到了七月中旬，才正式到校報到。

雖說一開始是玩票性質，但事實證明，孫澤宏主任看人的眼光實在精準，謝怡靜老師一來就帶了國中部導師班，而且班上成績一鳴驚人。當然，她的高壓手段也不是蓋的。

忠孝樓長廊充滿了莘莘學子日以繼夜的苦讀回憶。

「老師，明天是星期天欸，還要來學校唸書喔？」學生哭喪著臉問。

「你們是要考建中的耶，除了除夕夜可以休息，其他時間通通不行，別忘了你們的對手可沒有在偷懶。」謝怡靜老師賞了學生一個衛生眼。

「我們是怕您太辛苦啦。」學生小聲說道。

「我？不會呀，我一個禮拜連續上七天班也不會累，謝謝關心。」講台上的謝怡靜老師揚起下巴，以凌厲的視線環顧教室內的五十六張臉龐，道：「別擔心我了，煩惱你們自己吧，還有，上課不准講話，下課也一樣不行。」

「我們能有下課時間了嗎？」學生瞪大眼睛。

「喔，差點兒忘了，你們沒有下課時間。」謝怡靜老師圓滾滾的眼睛轉啊轉，回答：「廢話，當然不行啊。」

「唉。」

「安靜。」

這個班級和其他班就是不一樣，五十六個背負家長和學校期待的國中生們擠在校長室隔壁第一間教室，總共八排座位將室內空間完全塞滿，不留一絲喘息的空隙。

尤其謝怡靜老師又以特殊的帶班方法，規範這些正直叛逆的青少年，排除所有會讓他們分心的可能性：每天早上七點前，他們就必須進入教室報到，當其他班級的學生七點半前才三三兩兩陸續到校，他們已經先考完了一張考卷。

起跑點設在其他班前頭，自然也跑在其他班前面。

再者，謝怡靜老師祭出的另外一招是進教室必須脫鞋。每個同學的座位下方都塞滿課本、講義與裝了鞋子的塑膠袋，光是要從雜物中翻出鞋子、拎著鞋子走出教室然後再穿上鞋子，就讓人覺得非常麻煩。所以，學生完全打消了去操場打球的念頭，除非想要上廁所，否則絕不輕易離開教室。這項規定帶來的另外一個好處是乾淨，五十六雙套著襪子的腳丫在教室裡行走，好比一百零二塊擦地的抹布，讓整塊地板一塵不染、光可鑒人。

「不是老師愛留你們在學校自習的喔，這可是配合家長要求修訂的政策。」謝怡靜老師提醒。恆毅中學的家長會剛成立不久，前幾道提案中便包括了增加自習時間，也就是所謂的「小夜」、「大夜」，小夜是四點半到六點，大夜則延長到九點甚至十點。以致於其他國中班級是晚間八點下課，有些自發性地留到九點，謝老師的班卻堅持到晚上十點，幫學校關門成為例行公事。

家長雖對成績有所要求，但依然非常疼惜子女，每天下午四點，會先請廠商外送點心進來給孩子們吃。家長如此用心，老師亦是責無旁貸，謝怡靜老師以陪伴和懲罰恩威並施，習於以木板作為教鞭，因為「聲光效果」俱佳，不會打到學生受傷，又能有皮肉之痛，達到警惕作用。

在謝怡靜老師有如女王班的統治下，民國八十一年，該班有一半以上錄取了前三志願，謝怡靜老師的教學也獲得肯定，之後更是接下「國立大學衝刺班」英文老師的重任。

「加油啦，辛苦一定會有收穫！」杜天佐老師鼓勵大家，在下課鐘響時轉身離開了教室。

十分鐘後，謝怡靜老師翩然來到教室，她臉上掛著招牌清新笑容，動作瀟灑地登上講台，二話不說便提起粉筆，以飛舞的字跡將當天BBC新聞頭條寫上黑板。

「哇。」台下的孩子們看得一愣一愣，眼裡浮現欽佩之意。

接著，謝怡靜老師一派從容地轉過身來，在看見學生們崇拜的反應後偷偷鬆了口氣，不枉她備課備得這麼辛苦。她挺起胸膛，凝視這批素質優異的孩子，同時內心充滿驕傲。

「同學們，段考考卷已經改好了－」

台下學生立即倒抽了口冷氣。

「該面對的，總是要面對的。」

謝怡靜老師淡淡地說。

三年以後，「國立大學衝刺班」果然成績斐然，考上台灣大學、清華大學、交通大學和成功大學的學生大有人在。

特別是有些國中時期成績並不頂尖的孩子，當時若沒有選擇直升，約莫是考上板橋高中的程度。然而，他們的大學聯考成績卻比外考的國中同班同學更加耀眼，「國立大學衝刺班」也算是給了父母一個交代。

一切關乎個人魅力

靜謐濃得化不開，會議室裡氣氛肅穆詭譎，坐在台下的老師們遍及老中青三代，有的人面無表情，有的人神情期待，也有人臉上寫滿不以為然。相同的是，每雙眼睛都直勾勾地盯著台上看。

與其說他們是來參加研習，不如說是來看好戲。因為，並非每個老師都認同這次談論的主題，尤其是要他們拉下臉來，接受一個教學經驗遠不及自己的菜鳥指導，更是讓人難以忍受！

然而，站在台上的謝怡靜老師可不這麼想。

民國八十五年，謝怡靜老師芳華二十九歲，已經在恆毅中學帶完兩輪初中畢業班，兩個班級的高中聯考成績都相當不錯，沒給謝老師丟臉，捱過了極為嚴苛的訓練後，不少人考上前幾志願，證明這位笑容甜美、個子嬌小的年輕女孩果真駕馭得住血氣方剛的男生班，讓謝怡靜老師走路有風。

接著，不到三十歲的謝怡靜老師又以黑馬之姿出任教學組長，同時替杜天佐老師帶領的「國立大學直升班」教授英文，創下錄取國立大學人數的新紀錄，短短幾年便交出耀眼的成績單。

於是，教務主任提出要求，請謝怡靜老師和同事們分享自己的秘訣，嘉惠更多恆毅師生。

謝怡靜老師穿了一襲花裙子，披肩的秀髮勾在耳後，笑容可掬地佇立於講台上，說道：「主任一直希望我和大家分享教書的心得。」她俏皮地眨眨眼睛，「我左思右想，最近終於理出頭緒。」

台下幾個年齡稍長的「老老師」喉嚨裡發出不甚滿意的咕嚕聲，八卦早已甚囂塵上，有人說謝怡靜老師不過是個菜鳥，之所以能擔任前段班的導師，無非是頂著國立大學畢業的光環，以名牌學歷排擠其他年長的老師。至於班級成績好，則是因為學生資質本來就不錯。

關於種種惱人的流言，謝怡靜老師早有耳聞，所以她打算利用今天上台的機會，闡述讓學生接受枯燥學科的秘訣，藉此證明自己不但有一紙傲人的畢業證書，對於教書更是真有兩把刷子。

「我知道為什麼我書教得這麼好，」謝怡靜老師面帶微笑，誠懇的眼神一一掠過每個人的臉龐，她深吸一口氣，決定據實以告：「因為，我擁有『個人魅力』。」

語畢，謝怡靜老師露齒而笑。

幾位老師驀地瞪大眼睛，眼裡滿溢的情緒讓人分不清究竟是欽佩還是惶恐。

「咳咳……」一位老老師嗆得噴出一口茶。

「您沒事吧？」旁邊的人趕緊替他拍背，還

位於忠孝樓二樓的老師辦公室昔日一景。

有一個人忙著幫他要找衛生紙。

「沒事、沒事。」老老師痛苦地皺起眉頭。

另一位老老師掏掏耳朵，彷彿懷疑自己剛才聽錯了什麼。

「老師，喝茶小心。」謝怡靜老師體貼地提醒。她發現話匣子一打開，心得便有如止不住的洪水滾滾而出，讓她迫不及待想和大家聊聊這個話題。「很簡單嘛，我覺得擁有個人魅力是非常重要的事！為什麼呢？因為學生喜歡你，他們就會有學習動力，這是再自然不過的事，如果你看到一個人就討厭，當然也不會想聽聽他說什麼，當學生愛上了你，同樣也就愛上了英文。所以，當你看到英文課本從整疊教科書中慢慢地往上浮，你的身價就高了！」

台下的老師們沒有吭氣，眼見同仁們的臉色愈來愈難看，有的彷若槁木死灰，謝怡靜老師不禁納悶，道理明明很簡單，有那麼難理解嗎？接著她又揣想，也許她提出的概念太過形而上了，應該解釋得再清楚一點。

所以，謝老師又根據相同的理論，滔滔不絕地闡述了一大段六年來的個人教學心得……

謝怡靜老師始終相信擄獲學生的心，靠的是三種必備要素：第一，是年輕美貌。

試想老師若生得其貌不揚又不愛打扮，學生看了也覺得眼睛辛苦。站在台上的老師若是賞心悅目，學生自然會集中精神，既然有彩色電視可看，誰還會想重返黑白默劇的年代？所以，即便沒有得天獨厚的天生麗質，至少也該將外貌打理得整潔乾淨，穿著儘量光鮮亮麗，方能成為眾所矚目的焦點。

第二種要素，則是個性。

老師展現出來的個性包括應對進退、語氣聲調以及和學生互動時的反應，一位性格討喜、好相處的老師，絕對會像磁鐵一樣散發吸引人的光輝，而遇到一位嚴肅淡漠的老師，就像走路時莫名踢到堅硬的石頭。講台好比舞台，幾十雙眼睛則好似打在舞台上的聚光燈，是讓擁有表演慾的人一展長才的好機會，表演當然是愈浮誇愈好。

綜合以上兩個要素，便會衍生出第三種要素，也可以說是一項精粹的總和，那就是－「個人魅力」。展現個人魅力的妙用無窮，今天下午的第一堂課，謝怡靜老師才再次運用過這個心法呢！

當時上課鐘聲才剛結束，謝老師走進任課班級，發現同學們情緒高亢，似乎還沉浸在下課時歡欣鼓舞的自由氣氛當中，對進門的老師視若無睹。

為了幫助學生儘快進入狀況，謝怡靜老師決定先熱熱場子。

她放下教科書，再放下粉筆，一隻手斜倚著講桌，擺出一副要跟大家閒聊的姿態。「話說昨天有個小女生走在路上，看到了一張衛生紙，她想說算了不要理它，結果你們知道怎麼了嗎？呵呵，她回家之後，發現自己掉了一塊錢。」

「老師妳這是在說笑話嗎？有點無聊喔。」學生轉向講台。

謝怡靜老師挑起單邊眉毛，再次開口說道：「隔天，那個小女生在路上又看到一張垃圾，這次她把垃圾撿了起來，結果在彎腰的時候，居然把本來可能掉的錢給夾住。」

「很冷欸。」

「無聊。」

更多學生抗議起來，但謝怡靜老師依然不為所動。

她神祕地笑了笑，道：「你們知道小女孩是誰嗎？就是我。」

「唉唷，老師，妳到底想表達什麼？」所有學生群起而攻之，反應異常熱烈。

眼見成功勾起學生的注意，謝怡靜老師藏起竊笑，告訴大家：「結論就是，你幫助別人，可能幸運的機會也會找上你！」

「很扯耶，老師妳扯那麼遠幹嘛啦！」

謝怡靜老師聳聳肩，一臉無辜地說道：「啊？不然你告訴我，怎麼說一個『看到垃圾要撿起來』的故事？」

「我就跟妳講『垃圾要撿起來』啊！」學生嚷道。

「呿，難聽！很冷！」謝怡靜老師揮揮手。

「老師自以為風趣喔？上課了啦，不要再扯那些五四三了啦！」學生嘴上雖然抱怨不停，臉上卻洋溢著發自內心的笑意。

「我就是這麼風趣，我媽把我生爛了，又把我養好了嘛。」謝老師撥撥頭髮。

把自己當成一名演員，台詞背好、走位記熟，更要演得生動入戲，謝怡靜老師認為每次走上講台，就是一次登場演出的契機。

運用這套心法，一百天收服一個班級是謝怡靜老師給自己訂立的標準，一百天內，讓學生的坐姿從側坐改變為正坐，低垂的目光調整為面向黑板，每個人都抬起頭來認真聽課，這是謝老師追求的目標，她稱之為「試用期」。

截至目前為止，她還不曾碰過試用期無法通過的班級，為了讓每個老師都能跟她一樣，在工作上獲得滿意的成就，生性慷慨的謝怡靜老師願意傾囊相授。

「『個人魅力』就是我的教書教得好的秘訣。」謝怡靜老師嘴角上揚，再次露出甜笑。「各位老師，這樣講，你們聽懂了嗎？」

「拜託，真是傻眼。」有人嘀咕。

「那就都給你講就好啦。」另一位老師沒好氣地回她。

「嗯？」謝怡靜老師將一撮頭髮勾到耳後，完全沒有意識到自己說錯了話。

事後，分享會草草結束。

聽得進建言的人，便是聽進了謝老師未經修飾、卻誠心真摯的建議。而聽不進的依然故我，自然也不會有任何收穫。

儘管不歡而散，謝怡靜老師日後仍持續將理念分享給能夠接受的同仁，她深信個人魅力的重要，否則，去別班幫忙代課，又怎會獲得初識學生的青睞，特地慕名來辦公室請教問題呢？

時至今日，仍有個情義相挺的學生固定與老師保持聯繫，二十多年如一日，那便是個最好的例子。

該生是標準的好學生，曾為恆毅中學國中部的校友，建中畢業以後考上台大中文系，接著移居花蓮，在東華大學唸完研究所，然後到國語日報擔任編輯。

他似乎對謝怡靜老師情有獨鍾，無論身在何方，每逢恆毅的校慶園遊會，必然會準時回學校報到，探望昔日恩師。而且他總是站在遠處，耐心等待謝怡靜老師把攤位上的事情忙完，猶如忠貞不二的堅定騎士。

謝怡靜老師有時會拿他開玩笑：「你不要再等我了，我已經結婚了！」

二十多年之間，他只有其中兩年缺席，隔年再報到時，才表示因為孩子剛剛出生，家中妻小需要照顧。

「那你幹嘛在這時候生小孩啊？」謝怡靜老師打趣道。兩人的好交情可見一斑。

曾經，陳海鵬校長也問過謝老師，究竟有什麼上課秘訣？

「我就像蝴蝶一樣在教室裡飛來飛去，」謝怡靜老師張開雙手，模仿蝴蝶飛舞的動作。「而且是那種沒規矩、四處亂飛的白蝴蝶唷，我就是要讓孩子知道蝴蝶快靠近了，但是不確定什麼時候會來，什麼時候會離開。」

謝怡靜老師以詼諧的觀點看待自己的個人特質，其實，她教書的策略也能用科學方法加以檢視，曾有老師特別到謝老師的教室入班觀摩，一堂英文課下來，竟然挖掘出「一個句子，卻用了二十幾項教學策略」的新發現。

「教書就該和生活結合在一起，我堅持保有我的幽默，怕無聊嘛。」開朗的謝怡靜老師哈哈大笑，「個人魅力」歷久彌新。

全校教職員於活動中心蔣公銅像前方合影。

謝怡靜老師（前排右二）與教師們合影。前排左一為江秋月老師。

信爸和他的女兒們

曾經有一段時間，恆毅中學陷入空前的低潮期。大幅度的人事震盪間接影響了行政校務和教學品質，學生信心低落，素質也難以提昇，形成每況愈下的惡性循環。連續幾年，恆毅中學的大學錄取率創下新低，高中部幾乎招不到新生。

李遵信老師接下訓導主任重擔的那年，約莫是四十多歲的年紀。當時應屆考上大學的畢業生只有一個，下一屆甚至直接掛零，大家都勸他別給自己找麻煩，學校前景看衰，想要捲土重來根本是不可能的任務。

即便如此，李遵信老師身為恆毅中學校友，十幾歲時便在這個熟悉的環境裡生活，對校園裡的一草一木甚或人事變遷都如數家珍，有著深刻執著的感情。眼見恆毅涉足難以擺脫的泥沼，需要有志之士的服務，他不禁思忖，如今舍我其誰呢？

擔任訓導主任的第一年，李遵信老師身兼行政和教學工作，確實經常感到焦頭爛額。當時他接下一班女生班的國文課，該班惡名昭彰，一堆住校生和舍監鬧得一塌糊塗，對任課老師也很不友善，就連導師江秋月老師也對她們相當頭疼。

李遵信老師猶記得自己第一次走進教室，便感受到排山倒海的壓力迎面而來，女同學們冷冷地瞪著他，數十雙充滿敵意的目光訴說著莫名的鄙夷、厭煩和憎惡，讓他整個人背脊發涼。

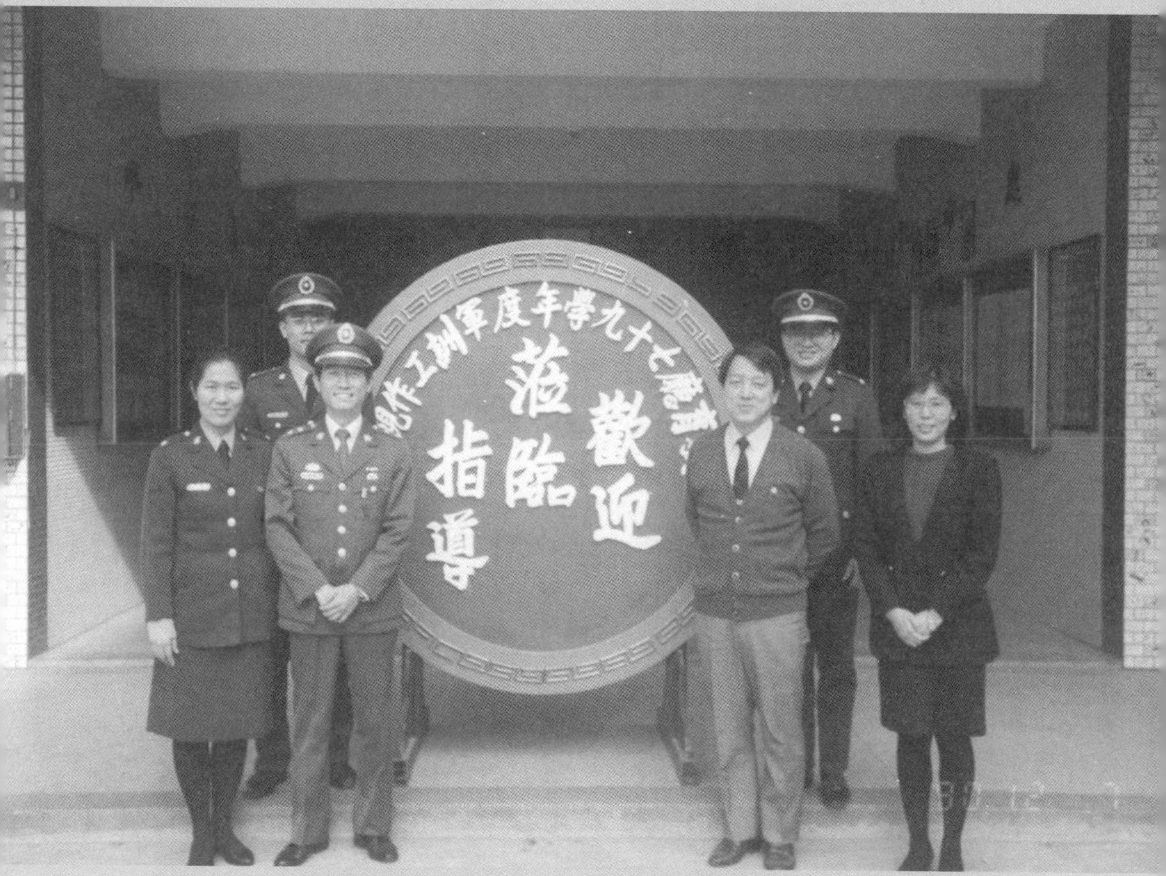

李遵信主任（右前灰色西裝者）與諸位教官們於教育廳軍訓工作觀摩活動留念。

「哪裡來的老頭子？」

倘若能聽見學生的心聲，她們八成是這麼說的。

所幸，李遵信老師從事教職已有二十載，歷練了不少也圓融許多，過去累積的經驗告訴他，打罵教育造成的恐懼確實能逼出成績，但是，對學生的心理亦會造成難以抹滅的傷害。

舊時代的思維講究尊師重道，「老師」代表至高無上的權威，然而世界一直在變，依循傳統並非唯一的選項，說穿了，責備只是個人的情緒宣洩，也許老師的心態也該跟著調整、改變。

於是他決定修正自己，他放下教鞭，試著以不打、不罵、不挖苦嘲諷和不惡言相向的方式教導學生。

他向上帝禱告，請天主指引他如何和這些青少女打好關係，這時，他清楚聽見了來自心底的聲音—

「這個好啊，你就用鼓勵的！」

李遵信主任與劉嘉祥神父待人親切，與學生沒有距離。

是的，鼓勵。

李遵信老師是虔誠的教徒，他向天主提問，天主也予以回應，既然答案如此明確，他也就將之奉為圭臬。

「考試成績進步了，不錯啊，繼續加油！」

「最近上課有比較專心喔，很好！」

「反應很快嘛，懂得舉一反三，厲害呀！」

李遵信老師笑的時候總會露出一對虎牙，直率的雙眼也盈滿笑意，笑容非常有渲染力。

在反覆的練習與嘗試以後，李遵信老師發現，的確，每個人都有值得被鼓勵的地方，只要放下身段用心尋找，必然能挖掘出學生的優點。於是，他釋出的善意和爽朗笑容逐漸融化了少女們高築的心牆。

上學期匆匆而過，寒假近在眼前，李遵信老師的付出有了顯著的效果，女孩兒們的態度收斂許多，不僅眼裡的敵意消失無蹤，還開始稱呼他為「信爸」。

李遵信老師的名字裡有個「信」字，該女生班又是「信」班，所以，老師理所當然成為她們的「信爸」。

如此親暱的稱呼，讓班導師江秋月老師醋意十足：「怎麼搞的，明明是我的班級，學生和你的關係卻比跟導師還要好？」

當然，江秋月老師嘴上這麼說，心裡其實樂見其成，要想帶領一個班級持續向前，默契良好的老師團隊和緊密的師生關係缺一不可。

李遵信老師雙手一攤，笑著露出他的招牌虎牙，能有今日的成績，他可是費煞苦心呢。

「說到這個，昨天我們班上的黃慧玉才捅了個漏子。」江秋月老師忽然提起。

「怎麼啦？」李遵信老師好奇。

「黃慧玉這孩子，下課的時候居然橫越正個操場跑到男生班去，還站在門口扯著嗓門大喊『通通給我聽著，叫某某人出來』！」江老師嘆氣。

李老師抿著笑意，問道：「然後？」

「那個男生出來以後，黃慧玉二話不說，啪的一聲便賞了對方一巴掌，」江老師模仿賞耳刮子的手勢，揮出一道旋風。

「這麼恰？」李遵信老師訝然。

「黃慧玉大罵那個男生，說他上午在福利社時，說了些難聽的話，欺負我們班的一個女生。嘖嘖，有時候這些女生比男孩子還要兇。」江秋月老師咂舌。

「替同學出氣啊？哈，那些男生應該都看傻了吧？」李遵信老師忍不住悶笑。

「信爸，你還笑得出來？」江秋月老師瞅了李遵信老師一眼，道：「這丫頭以後怎麼嫁得掉啊？」

「大不了我跟她們說，請她們當心點兒，多注意淑女該有的風範，說不定裡頭一個以後會是我兒媳婦呢！」李遵信老師打趣道。

「是啊是啊。」江老師不置可否。

李遵信老師的暖心攻勢幾乎收買了全班同學的心，隨著距離逐漸拉近，女生們「信爸」、「信爸」的嚷嚷，偶爾還會起鬨跑到老師辦公室，偷看「信爸」那位比自己小上一歲的親生兒子幾眼。

至此，大夥兒都和他非常「麻吉」了，除了其中一位……

班上有個女同學特別叛逆，她從來不交作業，考試也愛考不考，軟硬不吃的名聲遠播，連教官都叮嚀李遵信老師務必格外留意那位學生。

這一天，李遵信老師約了她前來談話。

「寒假就快到了，學期末了我一定得交出班上成績，妳都不寫作業，考試也交白卷，這該怎麼辦呢？我的分數總不能亂給啊。」李遵信老師語重心長地對她說道。

女學生臭著一張臉，雙手抱胸，沒有吭氣。

「不如這樣好了，妳寫一篇作文，題目自己訂，愛寫啥就寫啥，我也好給學校一個交代。」李遵信老師提議。

「好，這是你說的喲！」女學生回答。

「一言為定。」李遵信老師允諾。

過了兩天，女學生繳出一篇作文，老師看了心頭一凜，俗話說「字如其人」，果真十分貼切。最先映入李遵信老師眼簾的便是那瀟灑不羈的字，女孩的字跡寫得好大，每道筆劃都像是要掙脫格子的侷限，跑到隔壁鄰居家裡面。

李遵信老師邊揉眼睛邊讀完文章，接著又花了比閱讀更長的時間思索評語。最後，他在文末以紅筆寫下：「我發現妳是個不被格子約束的人！字體霸氣，以後必會有不一樣的成就！」

一段稱讚的話語，引起的邊際效應比想像中大上許多。自從被老師誇獎以後，最後一位拒絕合作的女學生也被收服了。下一次段考成績出爐，她的英文將近滿分，國文也仍舊慘不忍睹，但是，她卻偷偷遞了張字條給「信爸」。

「老師對不起，我是不會唸國文的，老實說，除了英文，其他科目我通通不打算唸。因為我準備要考托福，不管我爸答不答應，等到高中畢業，我就要出國唸書。」女學生寫道。

「隨妳，我會儘量給妳及格。」李遵信老師回覆。

取得了共識之後，高中生涯剩下的日子晃眼而過，師生之間倒也相安無事。可是，到了畢業前夕，女孩卻彷彿人間蒸發，她沒有參加畢業典禮，畢業紀念冊裡的照片也沒有她。

又過了一陣子，時序來到六月中旬，李遵信老師某日收到了一封郵件，他滿腹狐疑拆開信封，發現裡面塞了張揉爛後又重新攤平的廣告紙，紙張翻至背面，竟是女孩那令人熟悉的豪邁字跡。

「老師，當您看到這封信時，我大概已經到美國了……老師，我在機場寫信給您，寫完以後決定扔掉，但是又從垃圾桶裡把紙撿了回來，無論如何，我覺得還是該跟您交代一聲，也許您以後再也看不到我了，就算再次見面，我也不會是現在這個樣子。」

女孩在字裡行間傾訴自己的志向，為了這一刻，她可是歷經了千辛萬苦，對抗了無數人的不諒解。

事後，李遵信老師回想兩人之間的互動，更加深信自己的妥協是正確的，畢竟，在許多青少年渾渾噩噩度日之際，有多少十來歲的孩子能夠如此堅定信念，並且執著、踏實地實踐夢想？

歲月如梭，季節匆匆遞嬗而過。四年後的某個中午，李遵信老師獨自待在訓導主任小辦公室內，忽然間，門前出現一位打扮入時的年輕女生。

女生臉上化有淡妝，秀髮染成耀眼的金黃色，她光是站在門前卻不開口說話，不曉得是前來洽公的廠商抑或學生親屬。

兩人四目交接，短暫的片刻間，李遵信老師在記憶中細細搜索，卻對於眼前修飾過的面容毫無印象。

雙方就這樣對峙了幾秒，緊接著，女生眼裡流露受傷的情緒，她別開目光，怒氣沖沖地拋下一句：「都是假的！」隨即轉身離去。

「簡伶貞？」聲音引領他找到答案，李遵信老師恍然大悟。

女生停下腳步，怯怯地回頭張望。

「真的是妳？」李遵信老師不敢置信，猛地自座位上起身。「妳不是去美國了嗎？」

「老師，我改名了，現在不叫簡伶貞，改叫簡華慧了。」女生苦笑。

「妳隻身一個人在國外還好嗎？爸爸有沒有寄錢給妳？」李遵信老師關切地問。

也許是意識到「信爸」竟還喊得出自己的名字，沒有在畢業後就把她改忘了，簡華慧決定把離開台灣後的一切對「信爸」娓娓道來。

李遵信主任的教室一景。

原來，簡華慧利用高中三年時間努力存錢和唸英文，順利於畢業前申請到俄亥俄大學，離開台灣的時候，身上的錢剛好夠買一張機票。

她是鐵了心非得去美國不可，所以即便沒有錢、沒有住處，甚至在美洲大陸上沒有任何熟人，她還是毅然決然先飛過去再做其他打算，反正錢不夠用就去打工，不懂的事情開口問就知道了。

「其實，爸爸有追到機場塞錢給我，家裡也陸續寄錢到美國，可是我都沒有用爸爸的錢，我在美國當台灣旅行團的領隊，只要放假就去帶團，只要好玩的地方啊，我大概都玩過了，那些收入足以支付我的學費和生活費。」簡華慧的語氣雲淡風輕，彷彿說的是別人的事。「現在我在唸研究所了，所以老師，您不用擔心我。」

當年那個固執叛逆的女孩說到做到，著實讓李遵信老師心裡感觸良多。而且她還改名了，莫非，她對老師上課時提及的「古代所謂伶人是賣色賣藝的女子，所以『伶』不適合用在名字裡頭」耿耿於懷？

這次會面開始得非常突然，也結束得非常倉促，不久之後，簡華慧再度收拾細軟，對她來說，美國才是心之所向。他們相互道別，師生倆彷若錯身而過的兩顆行星，誰也不清楚下次再見，會是多少光年以後。

此後，每當夜闌人靜時，李遵信老師都會捫心自問，該如何引導學生走向正途，卻不干涉他們的選擇自由？

為人師者，又該如何指導課業且拿捏得宜，而不誤傷學生自尊？

說起來教育真是一門學無止境的大哉問。

時至今日，那些喊李遵信老師「信爸」的信班女生們紛紛成為四十多歲的婦人，她們成家立業、生兒育女，大部分人還曾拖著交往中的男朋友，來給「信爸」鑑定呢。

回想第一個引領這股風潮的，就是當年跑到男生班河東獅吼的「恰查某」黃慧玉。

黃慧玉畢業後沒有立刻考上大學，她選擇就讀輔仁大學夜間部的先修班，以第一名成績通過考試，順利成為正式學生。

大學畢業以後，有一天，她帶了個又黑又壯的男伴回母校來，要「信爸」給點建議。

「信爸，您看看這個人值不值得交往？您說好就好囉。」黃慧玉問。

李遵信老師面有難色。「嗯，我不放心，妳再考慮考慮。」

「您的意思就是不贊成啦？」黃慧玉雙眼一瞪。

「欸，就是這個意思。」李遵信老師點頭。

「好唄。」她爽快回答。

隔了些時日，黃慧玉又帶了另一個男孩出現，這回「信爸」將對方上下打量一番，微笑說道：「恭喜妳們了，年輕人好好交往。」算是男方通過考核的保證。

爾後，其他學生也陸續攜伴返校，想聽聽「信爸」的意見。

女孩兒們真的把「信爸」的話當一回事，而「信爸」也不負眾望，以挑剔精準的看人眼光給「女兒們」找了好歸宿，現在一個個都幸福美滿，也常攜家帶眷和老師聚餐吃飯。

其中，黃慧玉遠嫁台中，她一改從前的脾氣，搖身一變成為溫柔的賢妻良母，聊起學生時代的豐功偉業，還會非常不好意思呢。

翻轉教學與時俱進

有些老師在學生時期便矢志為人師表，有些很早便發掘了自己的教書天分，更有甚者，是在職場上繞了一圈後，才重新返回校園，好比陳偉弘老師和高崇平老師。

因為在教育界以外的行業歷練過，曉得在私人企業求生的箇中滋味，也吃過老闆、客戶的排頭，這些老師反倒替恆毅中學注入一股帶有跳躍性思考的新意。

高崇平老師曾為恆毅中學國、高中部六年的學生，本來打算退伍後回到母校教書，然而學校一直沒有釋出職缺。因此，即便他一直不間斷地兼任代課老師或晚輔導老師，白天仍然有一份正職工作，先後在信義房屋和當兵同袍家中的公司待了各一年。

民國八十二年，他如願回到恆毅擔任老師，或許是在恆毅當學生的時候太過淘氣，前兩個月，他每晚都會夢見自己的老師，彷彿叮嚀他善用自己的過往經驗，對時下學生換位思考、循循善誘。

高崇平老師本身很討厭被人家管，學生時代對權威反感，當老師後也不太愛管得太多，認為管過了頭，可能會造成反效果。

他獨特的思路同樣也反應在教學上，對於數學，他研發出自己的一套思路，不見得按照課本的邏輯，學生的反應卻出奇良好。就連拿藤條責打學生，他也有自己特殊的一套……

「啊！」學生扶著屁股慘叫。

高崇平老師希望學生們宜動宜靜，上課認真向學，下課也能盡情活動。

「麥假，根本就沒那麼痛。」高崇平老師噴噴出聲，他轉動寬闊的臂膀，手中藤條卻只是點到為止。「我都還沒用到百分之十的力氣。」

講台下迸出笑聲，高老師善於製造「效果」，提醒學生不念書就會有皮肉之痛，但整體氣氛又不會過於嚴肅。所以，班上同學看別人挨打會覺得好笑，自己被打的時候則心服口服。

陳偉弘老師於民國九十一年報到，他也曾為恆毅高中部的學生。

陳老師在三十歲左右才正式擔任教職，高中畢業後，他陸續從事過刻印、郵局約聘人員、還賣過飲水機並且當過保險業務員。最後他下定決心，找一份穩定又有發展性的工作，於是當完兵後再讀大學，順便把教育學程修完，取得教師資格，成為恆毅中學的歷史老師。

回顧陳偉弘老師的學生時代，也和高崇平老師一樣不是熱愛讀書的類型。

猶記得當時班上同學雖然不怎麼唸書，卻總

寧靜的課堂時光。

是過得忙碌，一天到晚都有事做。他們在學校時就忙著聊ＮＢＡ或音樂排行榜，或是蒐集球星卡，或是交換錄音卡帶，下課則跑去打籃球。放學後同學們會相約去西門町看電影、到中華商場訂做褲子，有時則去萬年的冰宮溜冰。

當時，恆毅高中部的學生程度普遍不好，老師也對學生的狀況心知肚明，所以學校考試也考得基本。學生就這麼渾渾噩噩混過三年，通常得等到進了考場，經過大學錄取率百分之三十的洗禮，才有辦法認清現實。

陳偉弘老師也是這麼過來的，他明白有些孩子可能開竅得晚，有些則是真的對讀書沒有天分也沒有興趣，所以比起要求成績，陳偉弘老師傾向於教導學生思考，而非拚命填塞知識。

比起複雜的社會，血氣方剛的青少年再怎麼調皮，相對來說都算單純。陳偉弘老師長年擔任國中部的導師，喜歡用說理的方式，告訴學生違反校規的結果，讓學生自己選擇並練習承擔責任。

例如學生遲到，沒做打掃工作，陳老師並不會處罰該生，也不讓其他同學分攤本分以外的勞務，反而是請遲到學生另外找時間打掃。他相信訓斥學生的結果是讓學生害怕噤聲、拒絕溝通，如此一來根本不可能解決問題。

陳老師重視目標導向，相信尋求解決之道才是正確的處置方式，至於過程，則有可能千變萬化……

曾經有一個學生慣性遲到，作業也常常遲交，陳偉弘老師試著和家長聯繫，但是，他連續打了好幾次電話，要嘛就是沒有人接聽，要嘛就是電話撥通，家長卻推說自己在忙。

好不容易，這一天，陳老師終於和對方接上線了，但是在溝通的過程中，他發現家長可能真的非常忙碌，以致於對孩子在校的問題無動於衷，並不覺得遲到和不寫作業有什麼嚴重。

「如果再不把作業寫完，他就必須留在學校，完成當天的作業。」陳偉弘老師告訴家長。

「留校？沒必要吧，這樣是要幾點回家？」家長詫異地說。

「今日事今日畢，沒寫作業就該留在學校作完，自己承擔責任。反正我會陪他呀，私校的老師本來就比公立學校的老師更願意陪伴孩子。」陳偉弘老師頓了頓，接著試探性地問道：「爸爸，您若是擔心他太晚放學會有危險，要不要親自來陪他？」

「呃，不用不用，留校就留校吧。」家長連忙回答。

一切如同預期，陳偉弘老師點點頭，現代學生最怕的就是時間被剝奪，家長同意讓學生留校寫作業，問題應該就解決了一半。

「另外就是，他晚上看電視打電動的時間需要控制，早上才不會爬不起來，天天遲到。」陳偉弘老師繼而說道。

「遲到一下下，應該也還好吧？」家長嘀咕。

「不只這樣喔，長期晚睡會影響睡眠品質，不只會長不高，學習專注力還會下降，影響成績喔。」陳偉弘老師提醒。

電話的另一端陷入沉默，家長猶豫了幾秒，然後才無奈地說：「這樣啊？唉，好吧，我會盯著他。」

「那就麻煩爸爸了。」陳偉弘老師微笑。

這下可好，一併解決遲到問題和專注力問題，真是一舉兩得。

收線之後，陳偉弘老師伸了個懶腰，收拾好疲憊的心情準備去上課。現在的老師不僅要學識豐富，還得琢磨溝通技巧，尤其是面對自我意識強烈的家長，更是必須轉個彎，才不會讓親師合作走進死胡同。

陳偉弘老師是個思想靈活的人，喜歡在日常生活中就各個面向多作觀察，儘量幫助學生提昇可以進步的地方。

此外，他認為「人權」非常重要，所以從來不搜書包。陳偉弘老師深深相信，師長若是不懂得尊重學生，學生也不會尊重你，況且上行下效，當哪天他有了權勢，更有可能恣意妄為。

「我是過來人，他如果能藏在我不知道的地方，那我也覺得很厲害。」陳偉弘老師笑著眨眨眼睛。

也許正因為腦筋動得快，對於整個大環境造就的愈來愈多過動、自閉、亞斯伯格症，陳偉弘老師也自有一套因應辦法。

通常，陳老師會特別關注於特殊學生的人際關係，根據經驗法則，只要人際關係好，學生的在校生活就會過得好，假使人際關係不好，則問題相對倍增。

所以，陳偉弘老師的「撇步」是避免打擊學生對專注事物的喜好，並協助解決人際問題，不讓特殊學生變成人群的焦點，便能降低挫折和不適應。

從前有一位學生，雖然父母有帶去醫院評估，也固定回診追蹤，但學生總是故意把藥藏起來不吃，每當發作起來，就會當眾摔東西、發脾氣，常常惹來班上同學不快，甚至群起而攻之，變成被眾人排擠的對象。

由於在原班級的衝突愈演愈烈，學校只好輔導該生轉入陳偉弘老師的班級。陳老師觀察了一兩次，發現在學生發作的當下，嘗試與之溝通是無效的，畢竟學生的注意力早已偏離，只關心自己鑽牛角尖的那個點，其他事情一概充耳不聞。

在學生冷靜下來以後，陳偉弘老師再次與他協商，雙方建立在事情往最惡劣的方向發展之前，預先「帶開隔離」的默契。只要不去硬碰硬，就能避開最糟糕的結果。

「誰會想要每天吃藥呢？」陳偉弘老師盡力同理學生的處境，認為沒有必要一天到晚強迫對方吃藥，反正學生是鐵了心不吃，強制只會導致他再次失控。

即便如此，有時候，班上同學還是會表達對該生的不滿。

「老師，他很吵耶！」

「老師，他都一直鬧，很受不了！」

陳偉弘老師淡淡地回答：「每個班上都會有吵的人，不是嗎？」

在陳偉弘老師眼裡，特殊生和一般的學生沒什麼兩樣，他儘量做到一視同仁，淡化其他學生的敵意，以風趣的態度讓班上氣氛更為團結融洽。

由於桌上遊戲正夯，目前，陳偉弘老師正在開發「歷史桌遊」，希望結合教學和遊戲，讓學生增加對歷史科目的興趣，亦能在遊戲過程中培養正向的互動關係。

耶穌曾說：「我是善牧，我認識我的羊，我的羊也認識我，我為我的羊捨命。」

恆毅中學的信義樓前方，成排高聳的椰子樹、架高的九重葛和流水潺潺的聖母池共構出花木扶疏的善牧園。園中佇立一塊大石，刻著優美的「善牧園」三字。

善牧園象徵對全校師生的期許，希望師長們能效法耶穌基督的精神、慈悲及熱情，像善牧般地照顧學生，同時希望學生善盡學子本分，在恆毅牧場上成長茁壯，發揮優點和潛力，成為日後造福社會之人。

不只是高崇平老師和陳偉弘老師，每一位恆毅中學的老師都苦心經營著自己的班級。

每當畢業學生以通訊軟體和老師聯繫，也許是詢問課業問題，也許是尋求人生建議，這些互動在在證明了恆毅的老師們所付出的教導和陪伴沒有白費。

熱血家庭訪問

夕陽在恆毅校園裡灑下成片泛著金光的紅暈，一天又即將過去，對杜天佐老師而言，本日的下半場才剛要開始，辦公室內，他正在思索著他的下一步。

杜天佐老師這學期一反常態，接的不是直升班，而是學生來自四面八方的普通班。班上有個比較特別的孩子，姑且喊他「小明」好了。小明雙親離異，在父母離婚後跟著媽媽生活，與爸爸少有接觸。

原本母子倆也相安無事，直到媽媽再度談了戀愛，又因為感情問題走上絕路……媽媽跳樓自殺的那天，小明親眼目睹經過，那一跳，將小明的過去和未來硬生生撕成兩半。沒有人知道小明究竟承受了多大的創傷，因為他提都不提，然而，他表現出來的行為絕對是普通青少年最難搞的那副樣子。

小明的爸爸擔起撫養兒子的責任，把他從宜蘭帶到台北，希望能遠離傷心之地。於是小明穿上了恆毅中學的制服，成為杜天佐老師的學生。

小明在學校混得很兇，他不喜歡唸書，服裝儀容也總是遊走於合格邊緣，就是那種遠遠看到教官出現便把衣服紮好，等到教官走遠以後就又開始耍寶的類型。若要擬一份全校調皮鬼名單，小明肯定名列前茅。

假使再早個十幾二十年，杜天佐老師很有可能直接抄起傢伙把他教訓一頓。可是老師當久了，他也累積出不少心得，發現責打並非解決問題的好辦法，打得兇只會讓學生感到懼怕，心存畏懼則會讓師生漸行漸遠，溝通則是難上加難。

他略作思忖，新班級的學生來自各個學校，也各有不同的家庭背景，在別的環境已經待了十幾年，也許早已習慣自由放任的風氣，當然不可能一踏進恆毅校園，就馬上適應天主教學校嚴格保守的風氣，突然對師長畢恭畢敬。

不過，杜天佐老師自有一套帶班策略，對於程度普遍而言不如直升班的普通學生，他的首要任務是幫大家「建立自信心」。

「以前沒學好沒關係，現在還來得及。」他不斷幫學生加油打氣。

杜老師會視學生反應狀況來設計課程、調整教學的難易度，倘若學生連國中數學都沒讀懂，那他就用簡單的方式重講一遍，幫學生打好基礎，學生就會發現「喔，原來數學也沒那麼難」。

老師的表達方式會直接影響學生的理解能力，在杜天佐老師的指導下，原本討厭數學的學

杜天佐老師與同事們合照。

生們重拾信心，發現原來不是自己笨，只是從前的老師沒教好，現在遇上杜天佐老師還真是相見恨晚。

等到學生真心認為杜天佐老師的數學課沒有白上，自然就會對老師產生信任，那麼，在各種日常生活的規範上，學生也更願意配合老師的要求，杜天佐老師則打鐵趁熱，更加關切學生，促進良性互動，對小明也是一樣。

小明在剛開學時態度更為惡劣，對老師愛理不理，講話的時候還站三七步。但是，杜天佐老師沒有放棄小明，反而將之視為某種挑戰或試煉。

當初接下普通班的初衷，就是想以獨特的教學模式嘉惠更多學生，而不是獨厚直升班天資聰穎的孩子。愈是離經叛道的學生，杜天佐老師就愈感興趣！

「你這樣態度不對唷，我又沒欠你錢，你幹嘛這樣子？」杜天佐老師試圖以和緩的方式與小明溝通。他相信，只要跟學生講道裡，讓他明白為何不能這麼做，而不是語氣強硬地命令或責怪，學生便會真心接受老師的勸導，再犯的機會也比較低。

杜天佐老師即便是請學生罰站也會有個限度，頂多站五分鐘，讓他回想自己的所作所為，思考更理想的表達方式，這樣便已足夠。

小明在杜天佐老師刻意營造的班級氣氛下略有收斂，但是，他對長輩同儕仍然保有戒心，無法真正敞開胸懷。杜老師在辦公室裡左思右想，最後終於決定，是時候使出殺手鐧了！

「家庭訪問，就這麼決定了！」杜天佐老師雙手一拍。

他喜歡沒事就到班上轉轉，課餘時也常和家長聯絡，認為親師建立互信關係，無論在班級的督促或功課的輔導上都比較容易達成共識。

「咦，這麼巧，我這兩天剛好也要做家訪。」陳偉弘老師恰巧路過，對杜天佐老師咧嘴一笑。

隔天，杜天佐老師把小明叫到面前，告訴他：「明天是星期五，放學後我要去你家做家訪。」

「真的假的？」小明滿臉錯愕。

「你回家跟爸爸說，明天晚上七點見，你跟爸爸都要在家喔。」杜天佐老師回答。

「真的假的啦……」小明強自鎮定，後頸卻沁出汗來。

「當然是真的啊，我平常就會給學生家長打打電話，固定保持聯絡，只要有空，當然是儘量去家裡走動走動。」杜天佐老師對小明點頭示意：「就這樣定下來了。」

「呃，好。」小明按捺緊張的心情，裝作滿不在乎地說。

隔天放學以後，杜天佐老師依約來到小明家裡，讓他感到意外的是，小明還真的信守承諾，和爸爸待在家裡，恭候老師大駕光臨。

「老師，歡迎歡迎！」小明的爸爸又是拿拖鞋又是奉茶，為人非常和善客氣。

不過，據杜天佐老師的觀察，小明和爸爸的互動淡漠，眼神也鮮少對焦，共處一室卻感到極不自在，這對父子緊繃如弦的關係昭然欲揭。

在簡單的寒暄以後，杜天佐老師得知小明的爸爸是個忙碌的生意人，他在五股開了間家具外銷公司，往來客戶遍及世界各地。儘管工作忙碌，小明的爸爸其實非常關心孩子，只是一個單身漢帶著一個叛逆的青少年過日子，雖然想替孩子做點什麼，卻又感到欲振乏力，不知道該從何處著手。

席間，小明邊聽爸爸和老師閒聊，邊不斷翻著白眼，顯然對於爸爸隱約透漏的關懷感到很不以為然。

如果爸媽沒有離婚，如果媽媽沒有尋死，也許一切都會有所不同。小明心不在焉地想著，又有誰認真問過他想要的是什麼生活？他常感覺到胸口有股勃發的怒氣，無時無刻蠢蠢欲動，他想要大吼大叫、想要擊打東西出氣，來宣洩滿腔的怒火。

可是他不行，學校的校規和社會的法律將他綁手綁腳，加上良心的譴責，他徒有不滿卻無處發洩，只能任由怒氣在日常生活中一點一滴緩緩釋出，可是，他都已經這麼壓抑了，為什麼其他人還是老愛找他麻煩？

「老師，我們小明是不是在學校又觸犯了什麼校規？」爸爸小心翼翼地問。

「我哪有啊？」小明瞬間從沙發上一躍而起，握緊雙拳怒喊：「幹嘛誣賴我？」

「這孩子就是這樣，動不動就發飆。」爸爸嘆氣。

「是你先說我的耶！」小明氣得渾身顫抖。

「先坐下。」杜天佐老師好聲好氣安撫小明。「你不要生氣，今天老師來做家訪，主要是想跟爸爸說，其實你有在進步。」

「啊？」本來火冒三丈的小明頓時氣消了一大半，他坐回沙發，眼裡浮現不解的神情。

「喔，是嗎？」爸爸問。

「是呀，他最近的行為改變很多喔，以前感覺不服氣，就會直接開口嗆聲，現在EQ比較好了，碰到師長也會主動打招呼，還會說請、謝謝、對不起。」杜天佐老師回答。

「我還以為……啊，真是不好意思。」爸爸意味深長地看了小明一眼，表情中帶有讚許之意。

「以為老師來興師問罪？不是啦，孩子就是要多關心、多稱讚呀，我相信小明本質很好，很有潛力。」杜天佐老師拍拍小明的肩：「老師都有在注意你的表現喔。」

劍拔弩張的氣氛轉眼間煙消雲散。

「呃，知道了啦。」小明抓抓頭。

「謝謝老師，老師費心了。」爸爸欣慰地笑了笑。「抱歉，兒子，是我誤會你了。」

小明轉頭，愣愣地盯著爸爸，接著臉一紅，尷尬地別開視線。

杜天佐老師繼而說道：「經營一家公司，應該常常需要加班或出差？爸爸你也辛苦了，一個人要養家，又要照顧小孩，一定常常覺得很不容易吧？」

「不會不會，公司雖然很忙，但是在我心中，家庭還是擺在第一順位，所以儘量準時下班回家。」爸爸客氣地回答。

「也對，不然今天也不可能和爸爸碰面了。」杜老師頷首。

「您別這麼說，老師特地來家庭訪問，耽誤的是老師的時間。」爸爸頻頻向老師道謝。

小明的目光在老師和爸爸之間來回，他歪著頭，陷入自己的思緒之內。他從來沒有以「兒子」以外的角度檢視過自己的爸爸，現在彷彿發現了新大陸。

爸爸是公司老闆，也是發零用錢給小明的人，可是小明並沒有仔細想過，為什麼爸爸總能擠出時間來嘮叨他？為什麼在家的時候還要不停地講著電話，用那些惱人的公事轟炸他？

「小明哪，你是個男人了，男人和男人之間應該要互相幫忙，對嗎？」杜天佐老師問。

小明眨眨眼，呆呆地點了點頭。

「小明，也許你沒有注意到，其實爸爸很關心你。」杜老師凝望小明，從他坦然的雙眼望入他赤裸的靈魂裡。「我想，媽媽離開，對爸爸來說也是打擊，爸爸讓你認祖歸宗，就是關心你的最佳證明。」

這句話似乎觸動小明心中最柔軟的區塊，剎那間讓他紅了眼眶。往事歷歷在目，離婚的骨肉分離之痛、媽媽投入另一段感情後對小明的忽略、以及被媽媽拋下後獨留在世上的遺棄之感，通通被小明埋藏在內心深處，如今，這些念頭又被挖出來了，通通是他最沉痛、最不願面對的私密情緒。

可是，直至今日，小明才領悟到爸爸也有自己的苦楚。

「爸，對不起。」小明用力把話擠出喉嚨。

「是我對不起你，很抱歉我讓你經歷了那些事。」爸爸哽咽。

痛苦瞬間將兩人淹沒，父子倆相擁而泣。

幾分鐘後，啜泣漸歇，小明和爸爸恢復正常神色，兩人面色困窘地分了開來。不過這一次，他們不再迴避對方的視線。

「小明哪，」這時，杜天佐老師清了清喉嚨，道：「聽說你最近跟國文老師有點爭執喔？」

「對啊，國文老師很奇怪耶，一天到晚叫我罰站。」小明吸吸鼻子。

「這件事情我略有所聞，不過就我所知，國文老師叫你罰站也不是毫無理由的吧？」杜天佐老師反問。

小明不情願地點了點頭。

「我希望你也想想，老師為什麼要罰你，而不是處罰別人？老師可不是吃飽了沒事幹，專門喜歡針對學生，是吧？他管你是因為認為你還有救，希望你可以更好。我看你最近很不錯啊，服儀都能夠合乎標準，思想也愈來愈成熟了，這點道理，你應該想得通的。」杜天佐老師語重心長地說。

「一定會愈來愈好以的。」爸爸摟住小明的肩。

「好啦。」小明羞赧地回答。

家庭訪問就在和諧的氣氛中結束了，目送老師離開以後，爸爸對小明說道：「你們老師是個好人。」

「這我早就知道了。」小明撇撇嘴。

教育需要時間潛移默化，愛的教育也不是口號，而是必須真正付出行動。

後來，那個吊兒郎噹的小明痛改前非，順利考取台灣科技大學，跌破眾人眼睛。杜天佐老師常常會想，當初若沒有做家庭訪問，根本不可能扭轉小明的命運。

掌握教育的真諦以後，對於在人生路上感到迷惘的學生，杜天佐老師決定救一個算一個，能救多少算多少。若干年後他更進入行政單位服務，擔任學務處主任，希望能貫徹自己的信念，貢獻一己之力。

至於那天也打算去做家訪的陳偉弘老師呢，則搞了個大烏龍，原來那位請假的學生居然得了肺結核。

根據官方統計，由於10％的潛伏感染患者會惡化為開放性結核病，致死率又高達50％，所以換算下來，台灣每年的肺結核死亡人數高達１０００人。

而結核病又屬於飛沫傳染性疾病，意即病原體會藉由開放性結核患者咳嗽、打噴嚏或說話過程中所產生的飛沫散布，於是，好心前去探望的陳偉弘老師就莫名其妙成了高風險感染對象。

家訪隔天，衛生所就把X光車開進學校，要求陳偉弘老師和班上的每位學生接受檢測，陳老師為了避免引起恐慌，只好告訴學生只是例行性的抽樣檢查，好險檢查結果出爐後，師生全數平安過關，請假的病生也被確認為封閉性肺結核，否則後果不堪設想。

只不過，可憐的陳偉弘老師本人，還是被衛生所連續追蹤了整整三年……

恆毅中學作為考場時，校方堅守服務台崗位，替考生們排除各種疑難雜症。

邁入世界

老闆，同事，都是貴人

低垂的厚重雲層徘徊不去，雨降不下來，這樣的天氣已經維持一整天了。謝怡靜老師抬頭凝望窗外天氣，對山雨欲來的情況感到憂心，尤其在聽說年輕老師明天要帶班出去郊遊的消息之後，腸胃翻攪不停的感受更是加劇。

「唉，他怎麼敢把小孩帶出去啊？」謝怡靜老師在心裡不住嘀咕。身為兩個青少年的母親，加上在恆毅教書近三十年，她比誰都還要清楚離開學校以後，宛若脫韁野馬的孩子們會有多麼不受控。

「老師，妳都沒有帶學生出去班遊過嗎？」不曉得是誰這麼問道。

「當然有啊，我剛上班的第一個禮拜六，就帶學生去露營了。」謝怡靜老師順口回答。是啊，回想二十幾年前，自己還是初生之犢不畏虎的菜鳥老師，當時的大膽作風可是有過之而無不及呢。

思緒彷若倒帶，回到民國七十九年那個炎熱的夏日上午，謝怡靜老師和一大票初中男生們站在操場上等遊覽車，興高采烈的隊伍讓恆毅校園出現少見的喧鬧，猶如大清早啁啾的麻雀般無憂無慮。

「阿暴」孫澤弘主任靜靜佇立於一旁，他的安靜和學生們形成強烈對比，望著揹著背包、相互推擠的孩子們，孫主任平靜無波的臉龐好比潭水般深不可測，看不出什麼表情，直到遊覽車駛入校園，學生們也陸續上車，這才拉住謝怡靜老師，小聲交代了幾句。

「老師啊，每一次上車都要記得點名喔！」

謝怡靜老師點頭。「那是當然。」

「還有，晚上睡覺別忘了鎖門。」

謝怡靜老師奇怪地瞄了孫主任一眼，嘴上回答：「我知道，謝謝主任提醒。」心裡卻想著：我當然會記得點名，也懂得要鎖門啊，這有什麼好講的？

思及至此，她忍不住露出微笑，許多年以後，謝怡靜老師終於領悟主任話中有話的意境……

「要記得點名」的意思是「一隻都不能少」。

「別忘了鎖門」指的則是「要注意安全」。

即便對剛到任的年輕老師帶學生出去班遊一事非常掛心，孫澤弘主任仍然選擇以最委婉的方式提醒，避免語帶質疑，盡力給予尊重，這點讓向來直來直往的謝老師十分感念。

短短兩句話，其中蘊含的智慧和雅量卻是異常深遠，謝怡靜老師堅信是媽媽誠心禮佛發揮了效用，孫主任必然是老天派來的貴人。

也許擔憂和細紋一樣，也是會與日俱增的。但是，天氣不好又如何呢？年輕老師既然敢帶學生出門，就一定有把握搞得定。謝怡靜老師搖頭苦笑，決定把煩惱拋諸身後。

層層雲霧遮蔽落日，忠孝樓另一側的辦公室內，朱惠禎老師正在收拾桌上物品，她將一縷銀絲勾到耳後，往袋子裡塞了好幾本書，今天晚上打算再度挑燈夜戰。

備課到凌晨似乎已經成為常態，總是一個沒注意，時針便悄悄奔往數字三。這也是莫可奈何的事，從職業軍人轉換身分成為國文老師，不僅是人生的急轉彎，更是跨領域的大挑戰。

朱惠禎老師曾任恆毅中學的教官，東吳大學中文系畢業以後，她面臨在代課老師和學校教官之間二選一的就業抉擇，朱老師熱愛文學，喜歡鑽研古文詩詞，另一方面，軍眷出身的背景又讓她嚮往穿上軍服的英挺模樣，她難以下定決心，陷入掙扎與徬徨。

在民國六十八年的大環境下，擔任女軍訓教官一共有三種途徑：一是政治作戰大學畢業生，二為來自女軍訓大隊，至於第三種，也就是朱惠禎老師後來選擇的那一種，便是政府招考大學畢業、未滿二十八歲未婚女性，由政戰代為訓練的「女軍訓教官班」。

女軍訓教官班結訓學生一律以少尉官階任用，並分發到高中以上學校。當時，擔任軍職看似一條康莊大道，所以絕大多數在校園中服務的女教官都是源於這條途徑。

任職教官的六年後，朱惠禎老師被調派至恆毅中學，那時她已為人母，有個兩歲的寶寶，必須每天清晨五點多從木柵搭車到中壢，把寶寶交付給娘家後再通車到新莊上班。

教官的工時很長，只要校園裡還有學生，就必須有教官陪伴。朱老師每天都在還聽得見鳥叫聲的時刻出門，又在夜色瀰漫的晚間離開學校，若是碰上有活動，假日也必須到校支援。

扣除學期間的時間，教官的寒暑假也沒有閒著，朱惠禎老師每年暑假都要到省訓團受訓一個禮拜，每當台北縣（現在的新北市）救國團舉辦戰鬥營，教官還得奉派前去帶隊。

因為毫無暇餘時光，所以敞開衣櫥，朱惠禎老師幾乎沒有幾件便服，畢竟除了制式軍服以外，她也沒空更換衣裳、梳妝打扮。

慶幸的是，恆毅中學的男教官們相當體諒，主動攬下值班住校的勤務，讓家有幼兒的朱惠禎老師起碼能每天下班回家，見到自己的孩子。

但朱惠禎老師仍然時時處於體力透支的狀態，常常坐公車睡過頭，若是從台北的方向來，總會在公車行經輔大站才驀然驚醒，若是從桃園的方向來，也常一路睡到金陵女中。

然而辛苦都是值得的，在恆毅中學以教官身分工作了十五年後，朱惠禎老師如願成為國文老師，以嶄新的身分指導學生。

根據法令規定，擔任學校教官，若是官拜中校則服役滿二十四年就必須退伍。朱惠禎老師思忖，算了算年紀，自己退伍時不過四十多歲，於是她另修教育學程，為職業生涯另作打算，希望有朝一日卸下軍階、褪下軍服，有機會轉任老師。

命運十分眷顧朱惠禎老師，後來，恆毅中學的同仁們對她的計畫樂觀其成，尤其是陳永怡校長更是支持她，讓朱老師覺得自己相當幸運，不僅這輩子有機會穿上英挺的軍服，又能在退伍後重新接觸最愛的國文科目，她滿懷感謝，相信同事和老闆都是她今生的貴人。

因此，即便備課到三更半夜，她也從不喊累。

然而隔行如隔山，重溫書本實在辛苦，猶記得當時女兒已經高中了，兒子仍在唸國中，朱惠禎老師每天捧著一堆不同版本的參考書，還借來兒女的國文課本認真研究，比兒女還拚命，週末也不想出門。

有時兒子會消遣她：「唉唷，妳幹嘛那麼努力？照著參考書講一講就好啦，根本沒有人要抄這些筆記嘛！」

朱惠禎老師笑而不語，敷衍塞責不是她的做事風格，就算過得了學生那關，也對不起學校的期待，更說服不了自己的良心。

意外的是，在戰戰兢兢備課多時以後，兒子竟在母親的耳濡目染下變得勤奮了，甚至在國三那年的某天，他還忍不住嘆道：「唉，古人說老大徒傷悲，我現在就傷悲了。」讓朱惠禎老師確信身教更是重於言教。

現在，朱惠禎老師的眉宇間仍保有教官的剛毅，舉手投足間卻多了國文老師的清靈，她在恆毅中學當國文老師的日子，也已經比任教官的光陰還要綿長。

霧氣遮蔽月光，謝怡靜老師終於下班了，她離開恆毅校園，卻不急著馬上回家，她打算去見一個人。同樣的一片星空之下，醫院裡的迴廊卻顯得黯淡無光。謝怡靜老師走在寂靜的醫院樓層內，準備前去探望臥病在床的陳永怡神父。

陳永怡神父曾兩度擔任恆毅中學的校長，在歷屆的神父校長當中，背景算是相當特殊。他畢業於高師大英文系，曾經當過兵，國外留學回來後還以老師的身分於武陵和道明中學教過書。

也就是說，他並非從小修士出身，而是成年以後才投身宗教的。

由於陳神父在唸書方面獨具天分，四十幾歲便成為恆毅中學的校長，又因為其老師的背景，讓陳神父特別惜才，對頗有帶班才華的謝怡靜老師可說是到了「溺愛」的程度。

謝怡靜老師的教書生涯中，曾兩度萌生辭職之意，兩次都被陳永怡神父慰留下來。

「校長，我要辭職。」那天，謝怡靜老師直闖忠孝樓的校長辦公室。

「怎麼了？別急別急，慢慢說。」陳神父以慣有的溫和語調說道。

陳永怡神父愛人惜才，事蹟長存恆毅師生心中。

「我們家狗死了，我好傷心。」謝怡靜老師扁嘴。

「不要辭、不要辭，」陳永怡神父連忙說道：「不如先留職停薪吧？」

「這……」

在當時，謝怡靜老師認為自己絕無可能銷假上班，沒想到陳神父一語中的，過了一年以後，她驚覺自己非常想念教書工作，於是又回恆毅報到。

不只這樣，謝老師還接下了行政工作，試著處理自己不甚喜歡的繁雜瑣事。然而她對行政實在不感興趣，於是做了一陣子以後，又向校長開口討饒。

「拜託不要再叫我接行政了，不讓一個厲害的老師站上講台，簡直是抹煞我的能力！你放我回去，我可以教三個班，給我最爛班沒關係，這樣的話，我還可以拯救世界上的小孩。」她對校長說道。

這時謝怡靜老師已經三十出頭了，學校給了她一個成績馬馬虎虎的男生班，不比從前素質優異、自我要求甚高的直升班，這個男生班的成員幾乎都是高中聯考失利之後，灰心喪志、失去信念的學生，每一個都渾渾噩噩，找不到生命的目標。

謝怡靜老師初次帶領這類型的班級，她仔細觀察，發現這些學生的優點是「重義氣」，只要給予適度尊重，和直升班學生相比，他們反而更善體人意，尤其是抓住幾位「大哥」的心，就等於掌握了意見領袖。於是，謝怡靜老師靈機一動，她告訴學生，打算舉辦三天兩夜的班遊活動，帶學生去嘉義農場走走。

「老師發現你們在安排活動方面很有才能，這次班遊就請你們幫忙吧，我是個小女人，讓你們保護就好了。」她對班上的幾位「大哥」說道。

被老師這麼一誇，那幾位素來看重義氣的男生們自然是挺起胸膛，欣然接下任務。他們不僅包辦了班遊的所有細節，也真的沒讓謝怡靜老師煩惱任何事情。

「對了，你們一定要特別注意那種人際關係不好的同學唷，不要忽略了人家。」謝怡靜老師叮嚀。

「沒問題，姐姐！」

不知道從什麼時候開始，班上同學不再稱她為「老師」了，反而改口叫她「姐姐」。而且，學生們也履行了自己的承諾，把班上的邊緣人照顧得很好，完全沒有罷凌、孤立的舉動。

班遊玩得非常盡興，謝怡靜老師更是如此，畢竟，她不需要扮演老師的角色，只要茶來伸手、飯來張口，專心讓學生們服侍就好。

「渴了。」謝怡靜老師嬌喊。

「請喝茶。」學生立刻奉上飲料。

「好餓喔。」謝怡靜老師嘆氣。

「姐姐餓了？沒關係，我們幫妳找吃的！」學生馬上組織覓食的專人小組，替謝老師解決民生問題。

回憶起那時候，謝怡靜老師總有種備受關愛的感覺，那屆迴異於直升班的普通班級，開啟了她教書生涯的新視野。

又過了一段時日，新婚不久的謝怡靜老師發現自己懷孕了，強烈的母性使然，她不願和遠在高雄的丈夫分居南北兩端，她想要與丈夫團聚，也想要親自照料孩子。所以……

「校長，我又要辭職了！」謝怡靜老師再次敲響校長室的門。

「怎麼啦？」陳永怡神父耐心十足地問道。

「我要回高雄養孩子，不要再跟老公分開了。」謝怡靜老師賭氣地說。

「還是先辦留職停薪吧？」陳神父建議。

這回，謝怡靜老師依然堅信自己會從此在家相夫教子。搬回高雄後的幾天，「大哥」那個班級居然由一位家長帶隊，全班搭乘統聯客運從台北直奔高雄探望，更勸她不要留職停薪，趕快回恆毅上班。

謝怡靜老師才剛放長假，剛再次享受到自由的空氣，當然樂不思蜀，壓根不想重返職場。對於學生的好意，也只能婉拒了。

沒料到一年以後，悔悟再次襲上心頭，她輾轉反側左思右想，終於認知道自己有多麼需要恆毅這個舞台，雖說在高雄也找得到工作，但是，一個長官願意賞識、又有發揮空間的校園，恆毅才是最理想的歸屬。

湊巧的是，彷彿命運自有安排，陳神父再度捎來電話，問謝怡靜老師要不要回學校教書，這下子完全正中下懷，謝怡靜老師爽快答應，往後的幾十年，也沒有再興起遞辭呈的念頭。

三十年匆匆而過，隨著年歲漸長，謝怡靜老師在面對年輕一輩的老師提及想要離職的打算時，總是以自身經驗告誡對方，千萬別因為一時衝動而砸了手裡捧著的飯碗，畢竟不是每個人都像她一樣，有幸遇見愛惜人才的伯樂、百般包容的貴人。

也正因為如此，謝怡靜老師必須趕在還來得及的時候，親自向陳永怡神父道謝，以及道別。

在抬眼確認了病房房號以後，謝怡靜老師推開房門，走向病榻上的陳永怡神父。

陳永怡神父的健康狀況很糟，疾病侵蝕了他的生命，後日所剩無幾，狀況和屋外天氣一樣陰鬱。他沒有允許舊識前往探病，但對於謝怡靜老師，陳神父始終保有一份特別的縱容。

「神父，我來看你了！」謝怡靜老師進門時喊道。

「是妳。」陳永怡神父撐開眼皮，擠出疲憊的笑容。

學生若是在校園內遇到陳永怡神父，總能得到幾句勉勵的話語，甚或一則聖經的小故事。

「神父，我想你應該不喜歡那些有的沒有的東西，所以我什麼都沒買唷。」謝怡靜老師雙手一攤，調皮地笑了笑。

雖然久未聯絡，在她心裡，兩人的距離還是很近，陳神父仍是那位百般包容後輩的長者。

「妳啊，真是個很不受約束的人，很有想法表現自己。」陳神父氣若游絲。

「我是啊。」謝怡靜老師將淚水逼回眼眶，嘴硬地回答：「所以你要活得好好的喔！」

在陳永怡神父的臨終之際，謝怡靜老師深信，即使身體機能已經衰敗，陳神父堅定、溫暖的信念依然存在於心。

窗外，雨幕終於降下。

恆毅中學的老師之間擁有真摯友好的情誼，以致於二十年以上資歷者為數眾多。

與校長有約

身穿藕紫色、天藍色運動服以及制服的學生們三兩成行，魚貫走入若石樓地下室，準備參加民國一百零七年下學期的「與校長有約」座談會。兩種類似的服裝，以不同的色系區隔，分別代表恆毅中學的國中部與高中部學生。

此時，豪華氣派的國際會議室內，學務處的洪金水組長已經將所有硬體設備安排就緒，投影螢幕上秀著本日議程的畫面，空調也徐徐送出宜人涼風。

長桌上放著簽到表，一共五十七格，五十七個班級代表們陸續簽到，接著領取議程書面資料，然後在會議廳中找到各班分配的位置，於舒適的皮椅就座，在等待開始的同時，他們翻閱手中資料，詳讀學生們對校方提出的各項要求，不時交頭接耳、竊竊私語。

「內容：活動中心地板太滑，常常跌倒。建議作法：希望能將地板重新打蠟。」

「內容：髮禁。建議作法：希望能將國高中髮禁限制一致。」

「內容：冷氣不冷。建議作法：請學校改善冷氣設施……」

對餐廳伙食的不滿、對服儀規定的抗拒以及其他大大小小的事項，二、三十則待議事項填滿了紙張，正反一共兩面。由於都是各班提出的改善建議，字裡行間充滿學子稚嫩的語調，讓印刷油墨彷若代替學生發聲，成為另類的表態。

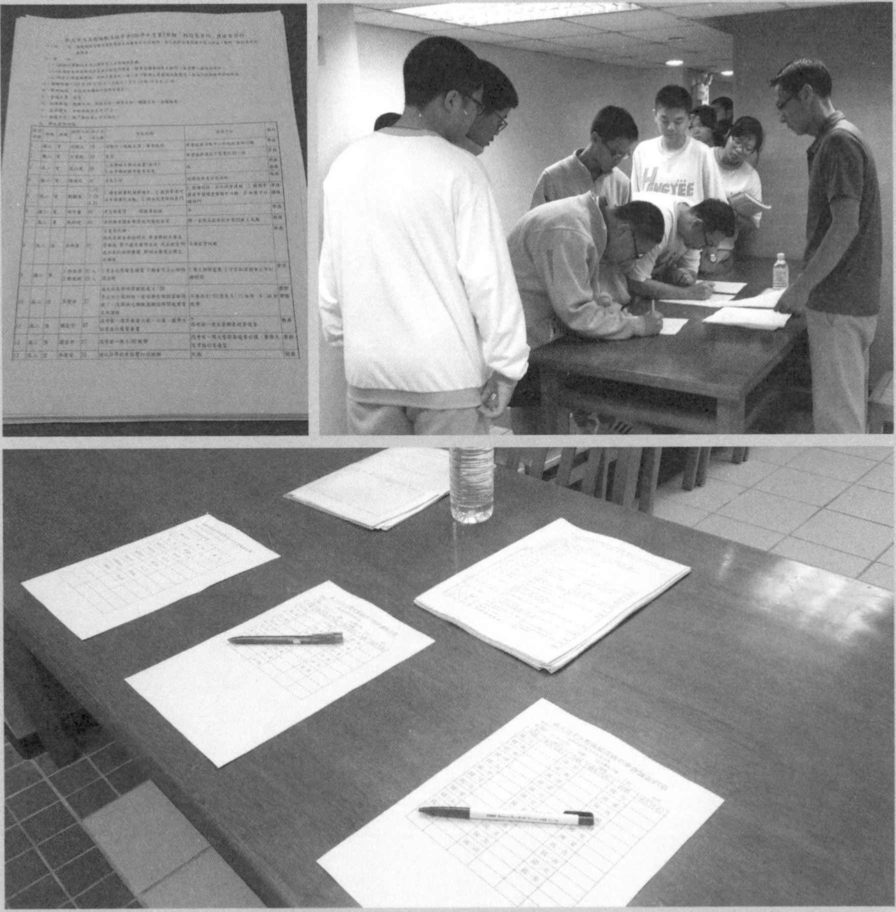

每學期一次的與校長有約已然成為校方和學生之間溝通的管道，學務處事先準備好簽到表與資料，靜候班代表們出席。

短暫的下課時間晃眼而過，會議室內的空位逐漸補滿，與階梯式座位面對面的，則是代表校方的長桌。長桌上一共有五個座位，正中央的是校長的位置，左右兩旁則為教務處、學務處、輔導處與總務處主任的席次。

眼看與會者到得差不多了，校長和各處室主任們也依序於長桌彼端就座，幾位主任特色各有不同，學務處面對的是學生事務，主任杜天佐老師剛柔並濟；教務處負責與課程及老師有關的事務，主任謝怡靜老師爽朗明快；總務處主任洪志旻老師具備美術背景，待人接物心思細膩；輔導處主任賴玉菁老師則親切和善，讓人忍不住想把祕密全盤托出。

至於陳海鵬校長，則剛加入恆毅中學的大家庭兩年，「與校長有約」便是陳校長到職後才開創辦理的活動，藉由面對面直接溝通，了解學生需求，增進師生雙向交流並協助同學解決生活與學習上的困難。同時還能讓學生體會到民主程序，落實人權法治精神。

此時，洪金水組長宣布本日座談會開始，陳海鵬校長則做了簡單的開場白，然後便將發言權交給準備回應學生的主任們，一切按部就班，氣氛肅穆凝重。

陳海鵬校長與四位處室主任代表校方，與同學們對談。

謝怡靜老師審視議程紙張上螢光筆標註的部分與手寫筆記，將屬於教務處範疇的問題一一挑出，並且快速作答。

「序號七，高二勇班同學提出，由於聯考將至，希望能留校自習到晚上九點。」謝怡靜老師唸道。室內響起紙張翻閱的窸窣聲，學生們的目光尾隨老師，紛紛落在序號七的提問上。

「目前夜自習是到八點十五分，如果想要留到九點也可以，但是離開前要自己把門窗關起來，因為警衛阿伯會在九點半去每層樓關鐵門，學校警報安全系統會在十點設定。」謝怡靜老師頓了頓，繼而說道：「只要提出申請，老師和家長簽章，教務處就會進行統計，但如果班上人數不足當然就沒辦法。去年高三就有兩個班級自願留下來，人數都有超過十個。」

「再來，第十項，高二信班提出希望每天放學時間都改成下午四點半，這邊寫道，多上大、小夜的話，有些學生回到家都很晚了，洗個澡吃個飯都沒間複習當天的課程。還有第十一項，段考前一週不要留大、小夜，讓學生回家自行複習看書。」

謝怡靜老師的聲音透過麥克風傳遞而出，語氣是她一貫的明朗自信。「同學，當各位在入學時，學校就承諾家長每天六點放學，若是在一場會談以後，就突然改成四點半放學，這樣是不成熟的作法。這個項目必須從長計議，也許新學期開始前可以再討論。」

涼爽舒適的溫度和軟硬適中的座椅並沒有催眠班級代表們，只見學生有的勤做筆記，有的認真思索，盡力消化主任提供的訊息。

十多分鐘以後，謝怡靜老師作答完畢，教務處將麥克風交棒給學務處。

在學務處範疇內的二十三則問題當中，就有八項與服裝儀容有關，多半是學生希望解除髮禁、放寬訂做服裝的標準等議題。

杜天佐老師先回答了幾則關於手機保管和體育課程規劃的題目，然後，針對服裝儀容統一做出答覆。

「男生解髮禁？是說高國中統一嗎？依據我的判斷，這裡表達的意思可能是希望國中部能放寬標準、和高中部一樣，而不是高中部剪得跟國中部一樣吧？」杜老師明亮的聲線在會議廳中顯得格外清晰。「一百零六年十一月二十四號，服儀委員會開會記錄，案一，建議放寬難生髮禁，國中男生一律小平頭，高中男生西裝頭，經過討論結果，國中部髮式規定修正為五分頭，表決結果十八比零。另一女生夏天可否穿短褲，表決結果十三比五，沒通過。」

「不管是髮禁還是窄褲，都必須通過服儀委員會。委員會每學期至少召開一次會議，共同針對同學提議的事情做表決，表決結果則成為學務處實施標準的依據。若是服儀委員會沒有通過的事項，希望同學們再次提出時，可以把理由說清楚，並且思考怎麼讓每個人都接受穿窄褲？畢竟不是每個人都適合，或希望改成這樣。」

其實，服儀委員會成立多年，也已多次修正學生的服裝儀容標準。

例如基於保暖的原則，多年來，男同學的髮型標準從三分頭變成五分頭，然後又更改為高中男生可以蓄西裝頭。女同學則是從耳下四公分改變為長度可到腋下，但是進入校園必須綁成馬尾，不可披頭散髮。民國一百零六年，又通過了網路投票決定的女生冬季長褲樣式，讓恆毅中學的女學生們在寒冬中可以穿著褲裝，而非往昔的毛呢裙與褲襪，開放冬季在制服內加穿黑、白、深藍或灰色帽T也是相同的道理。

「引導孩子進入法治社會，是要教他，不是限制他這不能做、那不能做。服裝儀容委員會就是法治社會的代表，少數服從多數，大家遵守共識，例如帽T加在哪裡？穿什麼樣式？什麼情況可穿？這都是讓學生練習思考的機會。」杜天佐老師私底下曾經提到。

緊接著，陳海鵬校長補充說明：「關於『髮禁』，任何事情有個禁字，就表示有規定嘛，闖紅燈也是因為有紅燈嘛，既然有規定就要遵守。但是，國父革命經歷十次失敗，穿帽T這件事情提出了三次，服裝儀容委員會的成員包括三分之一學生、三分之一家長、三分之一老師，所以各位可以一直讓服儀委員會的爸媽們思考這個問題，不斷去做嘗試。」

一番鼓勵以後，校長將麥克風交給總務處，洪志旻老師甫發言，旋即引起一陣譁然。

「序號十三，請砍掉學校會影響打球的樹？」洪老師皺眉。

「砍樹？哇。那麼刺激！」就連台下學生也覺得相當不可思議。

「應該是修剪，不是砍樹吧？」洪志旻老師不疾不徐地回答：「樹木做一定程度的修剪是有必要啦，每棵樹的養成都很不容易，有些還沒長大就被籃球打得滿頭包，枝幹都折斷了，現在能遮密大家的樹蔭都是經過很長的養成時間。不過原則上，學校每年夏季都會修剪，平常也會是情況進行維護。」

接著，洪老師又回應了關於冷氣、活動中心地板和團膳的問題。

「活動中心地板滑和打蠟沒有關係，泥土乾掉以後變成粉，才是會滑的主因。但也不是打掃不認真的問題，每次打掃完都是黃昏，隔天可能每節課都有人進活動中心，就順道把校園裡的泥土給踩進去了。所以，真正的解決方法是打掃，像我自己在打羽毛球前，也會重新打掃一遍，否則打球可能煞不住車。同學們在使用活動中心以前，順手打掃一下，應該會改善地滑的情形。」

「再來，餐廳伙食不好吃－」洪志旻老師推了推眼鏡，道：「－不好吃的理由是什麼呢？之前有同學反應特餐的表現好壞落差很大，或是午、晚餐的水準有所差異，所以，後來廠商就將中午和晚上的師傅調整成同一批。」

「像這樣的敘述會無從解決問題，其實，廚房準備流程有用錄影機監控，家長會的團膳組每個月不定期會進入廚房監督，每週也相約來學校用餐一次。根據廣泛而長期的滿意度追蹤調查，都認為伙食表現還不錯，所以應該尊重組織的反應才是。」洪老師表示。

校長自座位上起身，說道：「所謂好不好吃很抽象，是太鹹、太甜、太酸還是太辣？在總務處門口有個意見箱可以填寫回應，歡迎各位同學利用意見箱做溝通。」

一名學生舉手，提出了他的想法：「學校可以把滿意度調查的收集資料公布在餐廳門口，讓同學知道究竟哪些好哪些不好，另外，餐廳門口也可以直接設置意見箱，讓同學吃完馬上可以提供意見，會比走到總務處填單更有效果。」

「非常有建設性。」陳海鵬校長點點頭，道：「再來，剛剛提到的冷氣不冷問題，華人社會很喜歡用抽象描述，但是你的冷和我的冷可能不一樣，常常總務處說怎麼不冷，外套都穿起來了！學生卻說我就是覺得很熱啊。我們應把意念表達成是可以用客觀標準檢核的，否則對話不會有共識，例如學校設定的冷氣溫度是28度，但你們教室的冷氣永遠都在32度，這樣的討論才有效能。」

「至於活動中心，就請學務處放個拖把在那邊，讓學生有工具方便打掃，既然了解了問題，就能研擬改正的方法。」陳校長和洪老師交換了個眼神，後者點頭表示明白。

陳海鵬校長繼而說道：「還有一件事情，我希望大家講話要文雅一點，不要動不動爆粗口，為什麼要用器官表達內心的感動呢？還有其他有氣質的表達方式啊。」

台下迸發笑聲，氣氛也跟著輕鬆了許多。

「我一直覺得恆毅的學生代表在會議表達中條理分明，對學校也有很深的關心，請各位發揮影響力，並將討論結果帶回去班上佈達，謝謝同學們前來參加。」最後，陳海鵬校長許下承諾：「我跟天主祈禱，我來恆毅的第三年，就要讓任何一個推輪椅的人，可以到學校任何一個角落。」

「與校長有約」座談會順利結束，帶著愉快的笑容和校長的允諾，班長們各自返回教室。

在學生眼裡，陳海鵬校長的心態比較年輕，很容易和學生打成一片。高三學生徐浩洋、陳思佑曾在招待印尼參訪團時，和校長一塊兒於餐桌上玩過遊戲，那次的經驗讓他親自見識到陳校長的親民。學生楊士賢更是受惠於校長的親切，他曾苦惱於公民念不起來，聽說校長擅長於公民科目，於是鼓起勇氣向他請益，一如預期，陳海鵬校長果然對他傾囊相授，還開玩笑說下次見面時要驗收，完全沒有架子。

在老師們眼中，陳校長則是個性格開朗、很好溝通的對象。楊濟銘老師在校服務二十三年了，他認為在以前的年代，會覺得高高在上的校長很難見到本人，只有在主持祈福禮等儀式時才會現身，現在的陳海鵬校長卻很願意參與各項事務，親力親為解決紛爭。

在家長眼中，陳校長是個積極的領導者。家長會張奇英會對此感觸最深，張會長協助學校事務六年了，只要家長有所建言，校長都很願意對談，他以企業的角度來看待教育事業，為恆毅帶來效率和思維。

「海鵬校長帶著新的視野來看恆毅，注入新的活力，相信恆毅中學有愈來愈好的趨勢。」張奇英會長讚譽，對恆毅的未來滿懷信心。

學生於座談會中提出建議，受到校長肯定。

瘋狂園遊會

穿上荷葉領襯衫，套上毛線背心、褲襪和毛呢裙，再披上西裝外套，繫上領結，女孩對穿衣鏡露出滿意的笑容。每年冬季，就讀恆毅中學的女孩們都會換上迴異於公立學校的私校制服，雖然衣著繁複，穿上身後卻別具氣質，在普遍看起來黯淡無光的中學生裡頭特別亮眼。

尤其年底還有學校的年度盛事－園遊會，更是讓恆毅的學生們無時無刻保有好心情。

恆毅校園內最令人期待的重頭戲就是園遊會了，打從十二月初開始，各班便熱烈規劃起攤位內容，或吃或喝，或玩遊戲或義賣物品，學生們無不摩拳擦掌，趁機好好玩樂一番順便賺飽班費，興奮之情溢於言表。

恆毅園遊會一年比一年更有看頭，李遵信

校慶園遊會，販賣各式各樣的商品，就連老師也要親自上陣。

老師回想起早些年前，有些老師會擔心學生玩野了，心情一放鬆就收不回來，採取的作風也相對保守。忘了是哪個班級，曾經有一個攤位居然承包給賣棉花糖的商人，直接當起二房東，當日所得靠的就是攤位收租。李遵信老師還看過有老師便宜行事，上菜市場找了個賣橘子的，讓對方拉三輪板車進入學校，在攤位上賣那整板的橘子。

當然，並非所有老師都那麼不放心學生，也有非常具生意頭腦又拚命的班級，除了在攤位上賣東西，還讓學生模仿「養樂多阿姨」，當起四處遊走兜售的靈活「小蜜蜂」，把整個校園裡的潛在消費者一網打盡，一個也不放過。

李遵信老師本人就是被這樣的小蜜蜂攔下，才掏出腰包買了一對手工編織小螞蟻，以示對學生熱情推銷的支持。至今那對活靈活現的小螞蟻依然擺在他家中，讓他經常想起園遊會的美好回憶和學生驚人的創意。

「同學們，今年的園遊會攤位，有沒有什麼想法啊？」陳偉弘老師帶的班級是國中生，他喜歡和學生們一塊兒腦力激盪。

園遊會的事前策劃大約都需要前後一兩個星期，學生們決定主題以後，還得討論出整個運作機制的細節，包含製作流程、商品定價、行銷組合、攤位擺設、宣傳海報、人力分配並且排定班表，然後就可以照表操課，最後等著結算盈餘。

「糖葫蘆！」

「客家麻糬！」

「茶葉蛋！」

陳偉弘老師笑看學生們踴躍發言，並暗自期待這番討論能引爆火花，激發出相對的經營概念。

以一個賣烤肉串的攤位為例，好比夜市餐車，必須有人處理食材、有人負責燒烤、有人販售和收銀；若換作是遊戲攤位，則需要有人設計出穩賺不賠的遊戲規定，還要有人負責設置道具，活動進行中需要有人接待客人，在在考驗團結合作的默契。

身為國中班級的導師，通常會給予比較多且明確的指導，甚至實際參與每個活動環節。若是高中班級，老師只需要關心一下進度，就可以放手讓學生自由發揮了。

「有沒有更有創意一點的？」陳偉弘老師問。

「老師，」這時，一位同學舉手說道：「我家是從事餐廚業的，可以提供器具賣炸雞排。」

「聽起來不錯，你跟爸爸商量過了嗎？要不要回家確認一下？」陳偉弘老師說。

「我已經問過爸爸了，爸爸說沒有問題，還可以調員工過來幫忙炸。」學生回答。

陳偉弘老師揣想，既然家長這麼支持，設備和人力也都有了，學生必然能有更彈性的發揮。

「那好，既然要賣雞排，當然就要成為整個校園內生意最好的雞排攤。你們覺得怎麼賣才能賺錢呢？」老師提問。

「做很大的廣告看板。」立刻有人想出了答案。

「這是一個好辦法，我們可以在攤位上弄一個很顯眼的招牌，以鮮豔的顏色和簡潔有力的廣告文案吸引往來遊客的注意力。」陳偉弘老師點點頭，又問：「那你們認為，生意好就一定很賺錢嗎？」

「應該吧？難道不是嗎？」國中生們納悶。

「假設一片雞排的成本是八塊錢，我賣十五塊錢，這樣有賺頭嗎？」陳偉弘老師進一步問道。

「售價十五元，減掉成本八元，得到的利潤是七塊錢……」學生們竊竊私語，臉上寫著不確定。

「那可不一定喔，舉例來說，我必須花錢花時間準備醬料，醃漬雞排，還要請人幫忙炸和賣，所有的人力和時間都是成本，如果是夜市的攤位，可能還得

負擔租金和水電費。」陳偉弘老師解釋。

「那我們跟外面一樣，一片雞排賣四十塊不就好了？」有個學生一馬當先說道。

「問題是，做生意必須考量到目標消費者是誰，來逛園遊會的大多是些什麼人？」陳偉弘老師再度拋出問題。

「學生呀，」有人掰起手指計算，「還有學校的老師，或者外面來的朋友。」

陳偉弘老師微笑：「沒錯，有人講到重點了。來消費的人大部分是在校生或畢業後回來探望老師的校友，還有就是在校生的外校朋友，這些人的共通點是—」

「沒錢。」有人說。

「你才窮鬼哩！」另一個人竊笑。

「—的確，考量到學生普遍的消費能力，我認為定價不能太高，薄利多銷才是最佳策略。所以，我們的雞排攤不只要生意好，還得要利潤高，這樣才能大賺一筆。我建議我們做小一點的雞排，這樣可以節省炸的時間，還能避免沒熟的可能性，然後一片只賣二十塊，讓客人能有賺到的感覺！」陳偉弘老師說道。

「還可以搭配汽水一起賣！」學生提議。

陳偉弘老師滿意地點了點頭，他覺得學生們抓到重點了。「有吃有喝，湊成一個優惠組合，很棒的想法喔。」

操場的另一端，謝怡靜老師的班級也在熱烈地討論著園遊會事宜，腦力激盪的過程能訓練獨立思考的能力，不過，謝怡靜老師使用的是另一種截然不同的方式。

「你們自己搞定喔，我是小女人嘛，園遊會這麼粗重的工作，就交給你們這些男人了。」謝怡靜老師雙手一攤。

「包在我們身上，姐姐只要在旁邊納涼就好了。」學生拍胸脯保證。「我們已經決定好了，這次的兩個攤位一個賣鹽酥雞，一個賣潤餅捲。」

「我們都分組好了啦，誰負責開張營業、誰負責善後通通都一清二楚。」另一個學生附和。

「就知道你們沒問題，給我驚喜吧。」謝怡靜老師甜笑，即便心裡好奇，也忍著沒有多問。

她聽說杜天佐老師班上打算賣「杜老爺冰淇淋」，杜老師拿自己的姓氏開玩笑，一位家中開影像公司的學生還提供資源，幫大家拍了一支賣冰淇淋的廣告，從腳本、導演、拍攝到剪接，一條龍作業堪稱專業。

為了拍那支廣告片，給杜老師的班級增添不少笑料，該班野心勃勃的態度讓周遭的班級也緊張起來，如果園遊會有個「吸金能力」的評比，杜天佐老師的班級可能打算非拿下冠軍不可。

謝怡靜老師並不擔心別班的攤位更有創意、更有噱頭，這是良性競爭，學校是教學的環境，讓學生們從做中學，一定會一年比一年更好。

終於到了園遊會當天，校門口按照往例，將弧形的充氣門柱高高聳起，讓往來新莊中正路的車輛都能感受到歡欣鼓舞的氣息。

謝怡靜老師懷抱忐忑的心情來到學校，說完全不緊張是不可能的，但是她真的沒有過問攤位的事情，不曉得班上準備的怎麼樣？是成是敗，端看學生們的造化了。

早上八點剛過，一群身穿恆毅校服的學生們便推著賣潤餅捲的攤子，氣喘吁吁地穿越校門。

「嘿！姐姐，早安！」男孩們擦擦汗，興高采烈地向謝怡靜老師揮手。

謝老師當場看傻了眼，她趕忙上前和家長打招呼：「哇，那個攤子應該有幾十公斤重吧？」

「沒關係，我們輪流幫忙推。」男孩搶先說道。

原來，好幾位學生一大早就在賣潤餅捲的同學家裡集合，大夥兒一塊幫忙把攤子推到學校來。

「你們……從哪邊推過來的啊？」謝怡靜老師問。

「丹鳳。」男孩咧嘴一笑。

「那起碼有三公里耶。」謝怡靜老師驚呼。

三公里說近不近、說遠不遠，若是與馬拉松相比可能算是小意思，但若得推著沉重的攤車在大馬路上牛步向前，就算幾百公尺都相當辛苦，更何況，那可是維持家庭生計的寶貝生財器具呢，這可不是開玩笑的。

謝怡靜老師忽然覺得好感動，這些孩子完全沒有喊累，更重要的是，他們居然說服了爸爸媽媽放棄一天出去賺錢的機會，來學校園遊會幫忙，相較於那些濫竽充數的攤位，這個班級的學生們是多麼看重這次

活動！

「姐姐！」另一波叫喊聲自校門口傳來。

謝怡靜老師轉頭張望，在看到另一群學生和他們推的鹹酥雞攤子時差點兒沒昏倒。

「你們又是從哪裡推來的？」謝怡靜老師不住追問。

「江子翠。」學生理所當然地回答。

「推過……新海橋？」推過車水馬龍的新海橋？謝怡靜老師瞇起眼睛仰望刺眼的陽光，隨後做了個深呼吸，對學生家長擠出微笑。「媽媽，妳真是辛苦了！」

「不會辛苦啦，能幫得上忙很高興。」家長露出靦腆笑容。

「來，我們趕快把東西就定位吧。」謝怡靜老師故作鎮定地說道。

校園中林立的攤位漸漸忙碌起來，在接近恆青大道的球場轉角，杜天佐老師的班級已經把冰櫃弄進學校裡了，他堅持要賣就賣貨真價實又高檔的「杜老爺」，絕對不能用次級的冒牌貨，就算賣貴一點也沒關係。

「當然要有品質啊，餅乾也要脆皮的，不可以用那種軟軟的，要讓客人吃過還想再吃，騙人家錢沒意思嘛！」杜天佐老師強調：「這個叫作『回流率』！」

杜老師班上抽到的位置非常好，就在科學館旁的籃球場的外圍轉角，正前方面對人來人往的操場，右側則迎向前往餐廳的幹道。以商業區而言，這種地點可是稱得上「黃金三角窗店面」。

「老師，我打聽到某某班級也賣冰淇淋耶。」學生探子回報。

「呵呵，我早就料到會有競爭者，去年我們的杜老爺冰淇淋大賣，別的班級眼紅，今年就想要模仿我們跟著做。不過用不著擔心，其他人賣的都是二軍的品牌，況且，我們還有祕密武器。」杜天佐老師胸有成竹地說：「大家等等，我回車上拿個東西。」

當杜天佐老師率領幾名學生走向停車場時，陳偉弘老師班上的雞排攤位也已經開始熱油鍋了，他們準備了上千片雞排，由學生幫忙雞肉沾粉，家長負責油炸，再交由學生販售。

杜天佐老師來到車子旁，敞開後車廂囑咐：「來，一人抓一邊，小心拿。」

「老師，這是？」學生瞪大眼睛。

「我家的電視，二十九吋，最新的唷。」杜天佐老師回答：「拿來放我們拍攝的廣告片，效果不知道多好！」

一行人扛著電視機往回走，行經陳偉弘老師班上的攤位時，還聽見學生們七嘴八舌地大聲嚷嚷。

「啊，糟糕，油好像不夠！」

「才幾點哪？怎麼那麼快就沒油了？」

「就賣太好了呀！根本供不應求，都來不及炸了……」

「那還不趕快去買？」

這天天氣很好，來參加園遊會的人相對踴躍，杜天佐老師也跟著心情大好，他相信廣告片搭配杜老爺冰淇淋，一定會讓這學期的班費攀上最新高峰。

「老師，插頭直接塞插座嗎？」把電視機小心翼翼地放下的同時，學生問道。

「對，電源接起來就可以了。」杜天佐老師搓搓手。

「好了。」學生接上電源，然後把錄影機也一併打開。

師生們倒退三步，心滿意足地凝視漆黑一片的螢幕，準備迎接全班同學齊心協力的大作。

然而，螢幕毫無動靜。

又等了三秒鐘，學生們不禁問道：「老師，影片播不出來嗎？」

「奇怪。」杜天佐老師嘀咕，更用力地按壓手中的遙控器。

這時，電視機忽然冒出一陣白煙。

「發生什麼事了？」學生尖叫。

「呃，電視機燒起來了。」有人回答。

眾人七手八腳地拔起電源，赫然注意到一個再明顯不過的事實：電視螢幕使用的電壓是110伏特，學校提供的插座卻是220伏特，他們忘了要用變壓器。

「怎麼辦？電視燒壞了。」學生們哭喪著臉說。

「沒關係，」杜天佐老師深吸一口氣，說道：「起碼我們學到一個教訓，這是非常寶貴的經驗，相當具有教育意義。」

雖然廣告片沒能如願播出，杜老爺冰淇淋依舊熱賣，而負責拍片的學生林沛辰，年紀輕輕便展露了天分，多年以後更成為兩度入圍金鐘獎的電影美術指導。

只不過，這天結束的時刻，杜天佐老師逼不得已只能把電視機扛回家報廢。而且從此以後，只要園遊會攤位必須使用電源，都必須先向總務處提出正式申請，以防萬一。

我是你的老師，你是我的天使

徐文彩老師班上有個孩子，跟她一樣是客家人，為了替恆毅中學爭光，也為了替客家文化盡一份心力，於是她嘗試說服學生，報名參加客語演講比賽。

「最好是讓會講一點點客語的學生進步到說得很流利，那麼，客語就能被延續下去，而不會中斷了。」徐文彩老師說。

徐老師以身為客家人為榮，也一直希望能推廣客家族群勤奮節儉的民族性，她相信，語言的傳承是延續文化的關鍵任務。

然而，根據徐文彩老師的觀察，客家背景的孩子通常為人低調，這既是優點，同時也是缺點，好處是性格上不愛強出頭，壞處則是行事作風略嫌保守。因此，學生若能在大型比賽中奪得佳績，定能加強自身的成就感和自信心，讓與生俱來的低調更具有彈性。

徐文彩老師二十六年來陪伴學生成長，至今已送出多屆畢業班。

「要不要參加比賽？」徐文彩老師問。

「不好吧……」學生面有難色。

對高一學生而言，客語演講比賽實在是個莫大的挑戰，站在眾人面前不疾不徐地演講絕非易事，更何況使用的還不是日常慣用的國語，而是不太熟悉的客語。

「我一定會腦筋空白、舌頭打結、雙膝發軟，我不行啦。」學生哭喪著臉說。

「不試看看怎麼知道行不行？我會幫你啊。」徐文彩老師表示。

「呃，好啦。」學生勉為其難地回答。

接下來連續幾個月，徐文彩老師額外花時間提供協助，學生也付出了相當多心血，師生倆通力合作，為客語演講比賽做準備。

他們擬出生動的講稿，鍛鍊穩健的台風，並逐字逐句訓練清晰的咬字，過程的辛苦並非外人能夠想像。所幸學生沒有辜負自己的努力和老師的期待，比賽結果出爐以後，他榮獲新莊區第一名，接著，他在新北市賽中一路過關斬將，奪得高中組第一名，順利將全國賽的入場券放進口袋。

不過，挺進這個階段，也意謂著到了必須和徐文彩老師相互道別的時刻。由於躋身全國賽的學生必須轉介至教育部「語文指導團」接受特訓，因此，徐文彩老師得以暫時卸下重任。

好消息很快便傳回恆毅中學，這天，學生興高采烈地跑來找徐文彩老師，整個人彷彿也煥然一新，變得更有朝氣和活力。

徐文彩老師一見學生的表情，只得按捺著興奮，忙不迭問道：「快說說看，成績怎麼樣？」

「全國第三。」學生滿意地嘆了口氣。

「太好了，恭喜你！」徐文彩老師展露笑顏，她拍拍學生的背，道：「老師也感到與有榮焉。」

可是，學生卻突然嚴肅起來，冷不防問道：「老師，聽說您沒有比賽過？」

「什麼？」徐文彩老師一愣。

「老師指導學生，自己怎麼可以沒有參加比賽的經驗呢？」學生正色說道。

徐老師呆了半晌，內心充滿矛盾，乍聽之下，學生的疑問不無道理，但是教書生活已經夠忙碌了，此等攸關顏面的比賽又非同小可，現階段真的要把額外的負擔往身上攬嗎？

「怎麼樣？」學生逼問。

「好啦，我會報名啦。」徐文彩老師摸摸鼻子回答。

她嘴巴上雖然這麼說，其實是打算先應付應付學生，反正來日方長，等到蒙混過關後再視情況決定是否參賽。

徐文彩老師（後排字聯左二）多年來作育英才無數。

沒料到過了幾個月，徐文彩老師早已把這回事拋諸腦後，學生卻依然惦記於心。他在開放報名後的某天，不經意問道：「老師，妳申請了嗎？」

「什麼？」

「客語演講比賽呀。」

「喔，那個啊……」徐文彩老師的笑容僵在臉上。

學生的語氣雲淡風輕，口中吐出的字句卻重重擲入老師心底。「君子一言既出駟馬難追，說話要算數喔。」

「那是當然。」徐文彩老師擠出一絲苦笑，立刻硬著頭皮替自己報名教師組。

既然報名了就該好好準備，才不致於辜負了學生的美意，徐文彩老師秉持客家人堅忍不拔的精神，在忙碌的工作之餘抽空多加練習，務求比賽中能拿出最好的表現，避免顏面掃地。

親自參賽的壓力比起指導學生，更是有過之而無不及。但徐老師身為國文老師，本來就具備深厚的語文專業能力，豐富的教學經驗更讓她一站上講台便展現出大將之風，客語演講亦是游刃有餘，國語文競賽傳來捷報，徐文彩老師拿下了新北市第一名。

新的問題來了，為了迎接即將到來的全國賽，教育部要求所有參賽者都必須參加為期兩個月的集訓！

徐文彩老師長年擔任直升班導師，無論是對學生還是自己都要求嚴苛，知識分子的優越感和包袱，讓她對於必須接受集訓團中「國小老師」的指導，感到頗不以為然。

好歹自己是碩士畢業，多年來作育英才，將無數高中生送進理想大學，就連已經畢業的學生都說，徐文彩老師比大學教授還要厲害，授課內容豐富紮實，講課方式也有趣許多。她心裡不住嘀咕，國小老師的國文程度，難道會比督促大學考生的高中國文老師來得好？

這天，該名客語演講比賽得獎的學生和老師聊起此事，學生將她排拒的態度看在眼裡，年輕的臉龐寫滿真摯，他說道：「老師，做人不能這樣喔！」

淡淡的一句提醒，既非威迫利誘，也沒有吵鬧糾纏，卻在徐文彩老師心裡掀起陣陣漣漪，成為督促她前往集訓報到的臨門一腳……

可是，加入集訓以後，徐文彩老師依然跨不過內心高築的藩籬，幾次相處下來，集訓團老師察覺她的不滿，於是乾脆開誠布公。

「徐老師，您認為我沒有資格指導您的演講比賽嗎？」對方問。

「話不是這麼說……」徐文彩老師不好意思承認。

「徐老師，也許學問上我不如您，但在客語的實際運用上，我當您的老師絕對綽綽有餘。」

（左起）羅美枝、温旺盛、徐文彩老師於聖誕愛宴上獻唱。

對方定定地說。

這句話宛若當頭棒喝，也解開了徐文彩老師長久以來的心結。

終於，她虛心接受集訓老師的糾正，調整發音腔調和語詞使用，兩個月後，徐老師榮獲客語演講全國賽第一名！

事後回想起來，她感到相當不可思議。儘管參賽的初衷是延續客家文化，但上天顯然對她另有安排，也許，老天爺要她放下莫名其妙的自尊心，讓視野變得更開闊，客語演講比賽其實是生命給予的隱藏版的禮物，而那名學生和集訓團的老師全都是她的貴人、天使。

為了報答老天待她不薄，也為了榮耀恆毅中學，徐文彩老師持續努力不懈，年復一年訓練更多莘莘學子參加比賽，冀望這份力爭上游、相互扶持的信念能夠永為流傳。

管樂社，吹響了生命的樂章

「從現在開始，手上的樂器就歸你們所用，你們要每天以樂器布擦乾淨指紋，每週用保養油滋潤它的零件，還要用生命保護它，如果快要跌倒了，也要讓它跌在自己身上。」這是管樂社社長對新進團員所說的第一段話。

第二段話則是：「吹嘴絕對不能掉到地上，掉了要罰跑三圈。」

恆毅中學管樂社的社團辦公室，位於活動中心二樓西側，是一間約莫十幾坪大小的房間，很難想像如此偪促的社辦空間竟然容納了數張幹部辦公桌椅、教練的座位、原版總譜資料櫃以及兩大座置放樂器的陳列架。

尺寸形狀各異的樂器盒層層疊疊，不過此刻，那些黝黑的仿皮質樂器盒多半都空了，裡頭的樂器被它們的主人所使用，正在活動中心舞台上或高聲吟唱，或發出恐怖刺耳的噪音。

打擊樂器被容許收納於活動中心東側的一樓打擊室，動輒數十公斤的爵士鼓、定音鼓、管鐘和木琴等物，除了搬運不便，造價更是高得驚人，學長姊們日日耳提面命，提醒新生好好愛惜學校資產，即便是碰到必須將樂器攜出學校，參加比賽或公演的場合，最好也能替這些身價高昂的設備買個保險。

時值民國八十六年的冬季，管樂社學生們剛於校外用完晚餐，他們返回活動中心，拿好樂器、整隊點名，而後進行每週二晚上六點半到八點二十分的樂團團練。

每週二晚上，活動中心便是恆毅校園中唯一燈火通明之處，頂棚高懸的投射燈宛若指引船隻的明亮燈塔。

從九月份入學開始，一年級新生已經密集接受近三個月的訓練，於午休時段拉長音調整音色，吹奏練習譜加強爬音、點音和手指指法，他們個個蓄勢待發，準備參加台北縣的地區管樂競賽。

頻繁的練習非常耗時，而且學長學姊制度嚴苛，走在路上若是不長眼，沒能向學長學姊打招呼的話，社團時間很有可能被社長海削一頓，繞著活動中心罰跑三圈是家常便飯，反正演奏樂器的人，本來就該鍛鍊體力和肺活量。

但是，管樂社的團員們並不引以為苦，音樂讓他們凝聚，制度化則讓組織得以長期發展，進而成為全恆毅中學人數最龐大的社團。

此刻的舞台上，管樂社正進行一連串的熱嘴與調音，當嘴唇吻上樂器，也替吹嘴蓋上了

早期管樂社編制小樂器也少，到了八十年代，才開始大力整頓。

一層霧氣。

以指揮台為中心點，摺疊木椅面向觀眾席，排成了三道完美弧形，第一排是長笛和豎笛，第二排是薩克斯風和法國號，第三排則是低音號、上低音號、長號以及小號，舞台右側空間則留給了打擊部的各種鼓、琴等樂器。

四十多名團員遍及國、高中部，全都神情虔敬地凝望那座鋪有短毛紅毯的活動式指揮台，一如忠實信徒膜拜神祇。

「練習曲編號第七首，再來一次。」指揮棒輕敲譜架，暫代指揮的學姊說道。

大家幾乎都跟得上，經過了紮實的基礎訓練，視譜對一年級新生來說並不算困難，合奏的選擇曲目也是由簡入深，循序漸進。

十多分鐘過後，代理指揮的學姊將指揮棒輕輕放回譜架，走回自己的座位上。另一抹讓眾人期待多時的身影則出現在眼尾餘光的範圍內。

「教練好。」團員們不約而同喊道。

招呼聲此起彼落，伴隨著皮鞋踏上木質地板的跫音，梁君堯教練從容不迫地踏上指揮台。他微微頷首，逕自說道：「天空之城。」

窸窣聲自指尖蔓延而開，學生們翻開譜夾，找到各自正確的頁面。

〈天空之城組曲〉是首難度不高的曲子，教練指揮若定，雙手靈巧有如魔術師的精采表演，只是稍稍在空中拉扯，便像是牽制木偶的絲線般奏出了抑揚頓措。

李遵信老師在下班前到活動中心繞了一圈，他和梁君堯教練簡短地聊了幾句，而後目送他步上舞台，自己則斜倚在門邊，聆聽學生們合奏一曲。

管樂社並非一直都設備完善、編制齊全，早在許多年以前，只有少少幾支狀態不佳的便宜樂器，在早上升旗時排出了陽春的隊形，以稱不上優美的音色吹奏國歌和國旗歌。

當時的訓導主任李遵信老師苦著臉想：老天，那些人家不要的喇叭，吹出來的東西簡直不能聽，根本聽不出來是國歌。

直到後來梁君堯教練加入，引領管樂社開創了新的篇章。

梁君堯本身是恆毅中學的校友，在服兵役時期，他隸屬於國防部管樂隊，因為熱愛管樂，他在那兩年拚命吸收相關知識，退伍後則向恆毅中學提出想要回到母指導管樂社團的想法。

他旺盛的企圖心和對音樂的執著打動了李遵信老師和周碧湖教官，校方認為，既然有志之士願意投注心力改造管樂社，或許會讓學校社團呈現不同的局面。

管樂社學生在活動中心二樓小辦公室內的練習一景。

擔任社團指導老師的薪餉不高，梁君堯教練只得另外兼差養家，不過，他對恆毅的付出是有目共睹的，除了把第一代社團成員帶起來，他也自行掏腰包從海外訂購原版樂譜和CD，讓學生們可以跟著播放的音樂練習。

就印象所及，管樂社初次參加台北縣管樂比賽，是在華僑中學的場地舉辦，那難堪窘境至今仍讓他記憶猶新。

每一個學校管樂社的編制都有六十人上下，人多勢眾聲勢浩大，當輪到恆毅中學管樂社時，學生們甫上台，卻把現場的椅子搬走一半，引來台下觀賽學生的竊笑。

當恆毅管樂社的打擊部鼓手將器材推上場時，台下的訕笑聲又更大了。因為，他校管樂社用的是專業的定音鼓，由大至小排成了一系列，恆毅中學拿出來的卻是童軍團用的大鼓。

最後，恆毅管樂社的團員們陸續就座，舉起凹凸不平的樂器，小號喇叭口的銅鏽深到保養油怎麼抹也抹不掉，低音號都撞扁了，反觀其他學校的樂器全都像精心擦拭過的盤子一般閃閃發亮，難怪台下斷斷續續傳出止不住的笑聲。

儘管資源有限，恆毅管樂社的團員們仍舊在比賽中全力以赴，雖然沒能得到名次，起碼和未經訓練之前相比，演奏出來的音樂不致於曲不成調。

所幸，比賽帶來的邊際效應後來慢慢發酵了。

李遵信老師努力遊說家長會贊助管樂社，讓社團增加設備，總算要到了二十萬。然而，梁君堯教練在審視現況後提出的需求經過計算，報價卻是三十萬，硬生生差了台幣十萬塊。

梁君堯教練不屈不撓，透過關係聯繫上功學社的二代老闆，對方湊巧在恆毅擔任過一學期的體育老師，加上配合功學社深耕學校教育的策略，在天時地利人和的幫助下，二代老闆便很阿殺力地以二十萬元賣斷。

有了品質良好的樂器，梁君堯教練更是馬不停蹄地訓練學生，他曾邀請職業音樂家到學校指導各個樂器分部，每年秋季舉辦迎新宿營、寒暑假則有管樂營，諸多活動讓團員彼此之間更為熟悉緊密，演奏時的默契也更上層樓。

三年後，恆毅中學管樂社一舉拿下台北縣賽優勝和台灣省賽優勝，讓光仁音樂班的學生刮目相看，就連光仁中學的指揮、知名音樂家葉樹涵都到場傾聽。

唧—

前排的豎笛爆出一聲刺耳岔音。沒人吭氣，曲子繼續正常演奏，畢竟大家都有可能犯錯。

每個人都專注於自己面前的譜，手指按出正確的指法，同學們跟著小節的換氣記號一同呼吸，讓空氣在肺部轉換，然後緩緩經由吹嘴送入樂器的吹管裡。

「法國號，再大聲。」教練比出「來來來」的手勢。

指揮台不時傳來鼓舞的目光，教練的視線輪流遊走於各個分部，他對長笛點點頭，又對小號笑了笑，梁君堯教練的耳朵彷若擁有魔力，能將完美的合聲拆解成好幾個獨立部分，聽出優劣差異。

樂器冰涼，燈光灼熱，周遭景物在剎那間鮮活了起來，音樂讓灰暗的世界忽然變成彩色，綻放光芒的管樂器像是一片深邃的金色海洋，金銅色的法國號在聚光燈下閃閃發亮，和銀色的長笛、黑色的豎笛以及其他所有管樂器在舞台上交織成為一片晶亮的光影，好似有撥動了反射出七彩光芒的玻璃簾幕。

學生們感動莫名，這就是合奏的迷人之處，他們跟隨曲調的流動一小節一小節地吹奏下去，彷彿成為「天空之城」的一片拼圖，眾人齊心合力，以音符堆砌出無遠弗屆的壯闊景致。

入夜了，活動中心一旁的小徑很黑，凜冬在路燈的燈罩上結了一層昏黃的霜霧，枯枝殘葉搭成了扶疏稀落的頂棚，在布滿砂石的地面上形成一團團相互糾結的暗影。冰凍的低溫將一切氣味都封住了，聞不到春天的桂花、夏天的梔子花和秋天的波斯菊，就連冬季特有的潮溼土壤的腐味也被隱沒了。

管樂社團練結束，學生們抹抹唇上的紅腫壓痕，將樂器收回盒內，鎖回活動中心的社辦，然後三三兩兩走在空曠的校園裡，緩步邁向校門。

操場上迴盪著歌聲，管樂社團員們仍意猶未盡，吹長笛的人唱著長笛的譜，吹薩克斯風的人唱著薩克斯風的譜，眾人以歌喉取代樂器，用歌聲重現樂曲，交織出截然不同的餘韻。

即使筋疲力竭，他們的心卻滿溢。

戰鬥吧，機器人！

機器人猶如一陣旋風，迅速衝向藍色積木，在最接近的位置煞車停下，左右兩隻機械手臂瞬間合起，將藍色積木牢牢抓住後順勢抬起。

圍繞場邊的同學們全都屏息以待，在看見機器人以流暢的弧度和速度轉彎後才稍稍放下心來。

這是２０１７年國際奧林匹克機器人競賽紐約州校際盃，恆毅中學學生鄭立杰等人受到紐約州立大學高中部的邀請，特地飛往美國前後十二天，以爭取在異鄉參加此盛事的經驗。

國際奧林匹克機器人大賽（World Robot Olympiad）簡稱ＷＲＯ，是由國際奧林匹克機器人委員會（ＩＲＯＣ）和丹麥樂高教育事業公司合辦的世界性機器人比賽，指定以樂高「智慧型積木」為競賽器材。ＷＲＯ從２００４年舉辦至今已十四年，目前全球有六十六個會員國，每年與會規模達近一千五百隊，共分國小、國中、高中及大專組，有近萬人參與賽事。

比賽分為「競賽」與「創意」兩種，競賽類別中，各組必須以建構機器人和編寫程式來解決特定題目；至於創意類別，隊伍則針對特定主題，發揮創意設計出符合題目的機器人，還得向評審發表十分鐘以內的英語口頭報告。

今天的ＷＲＯ紐約州校際盃在學校活動中心舉辦，環顧整個比賽場地，遍佈長約兩公尺、寬一公尺多且高度及腰的桌子，彷若一張張縮小版的桌球檯，每張桌子四周都圍滿了神情緊張的隊員，車型機器人則在桌面上四處奔波，努力達成任務。

恆毅中學的隊伍也在場內奮戰中，不過，由於能夠前往美國的人手不齊，原本是每隊十人的賽制，恆毅中學的團隊僅以六人參賽，包括高中部和國中部各三名學生。但是，人少並不影響他們高昂的鬥志，即使身處異鄉，恆毅的學生們依舊穩住心情，將全副注意力集中於比賽之上。

「遜欸。」隔壁隊伍故意叫囂道。

鄭立傑和同學交換了一個了然於心的眼神，決定不予理會，大老遠來到美國，絕不能被挑釁激怒而掉以輕心。

出國的費用相當可觀，近距離的香港大概一兩萬打平，若是前往較遠的美國，前後需要十二至十五天，費用則會突破十萬元。

為了籌措經費，機器人團隊會向企業團體拉贊助，學生自己做簡報，再請家長和老師幫忙牽線聯繫，然後學生親自向贊助商進行報告，以在隊服或旗幟上秀出企業商標換取實質經費。

恆毅中學的家長會亦是慷慨解囊，每每為學生出國募捐款項，鄭立傑和同學們都心知肚明，絕不能讓背後支持的力量與苦心被白白浪費。

「哈哈，爛東西。」隔壁隊伍再度喊道。

由於比賽是階梯式的聯盟制，所以場地上與恆毅中學競爭的同時會有四組隊伍，在分出勝負後才慢慢遞減。嗆聲時而有之，只要不涉及種族歧視，裁判就不會扣分，當然，若有人直接干擾他隊在賽場上的表現，則必然會被認定為缺乏運動家精神了。

恆毅中學的六人隊伍中共有兩個操控手，一人負責操控機器人的下部底盤，另一人則控制上升物件，操控手為了在場中保持良好默契，通常於賽前會花上許多時間搭配練習。

鄭立傑曾看過默契不佳的操控手組合，一個怒叱另一個趕快上升，後者卻毫無反應，最後前者氣到直接摔遙控器，因失誤而當場暴走。

原本還在嗆聲的隔壁隊伍突然噤聲，而後爆起粗口：「可惡！」

原來，對方的操控手轉彎沒能控制好，讓機器人的右輪卡住起始牆，短短幾分鐘內便進退維谷，陷入無法轉圜的僵局。

一組倒了，還剩三組。

恆毅中學的機器人將積木丟進得分區塊，一下子就奪得四十分，緊接著開始往上堆疊錐體積木。雖然一開始也遭遇卡住的窘境，但是操控手努力讓機器人前後移動，終於拉出輪子，順利展開賽程。

這次的比賽主題為「再生能源」。

WRO會在賽程公布時提供比賽主題、規則和計分方式，以及各種比賽物件的規格尺寸。例如「食物配送」主題，就是將不同造型的積木視為貨櫃、食物和船隻等物件，規則為將放置在「貨櫃」積木上的「食物」積木搬移到海港區，「食物」放進「船隻」積木，加上「溫度控制」積木，「貨櫃」再移回工廠區，最後機器人回到起始結束區，算是完成比賽。

「再生能源」主題的任務，是讓機器人從起始區前往施工區，將「渦輪機基座」積木和「「技術決策者」積木疊在中空方形的「渦輪機牆」積木上方，建立一組「渦輪發電機」的三層積木，若是積木倒下或是偏離格子外則都不算完成。

恆毅中學的隊伍表現沉著，竭盡所能減少失誤，以最佳效率奪得高分。

忽然間，又一組參賽隊伍出局了！

這回是機器人的設計沒算好舉高時的重心位置，所以在舉起積木的瞬間倒地不起，無論操控手再怎麼用力拍打遙控器，機器人也只能像是原地伸縮蠕動的毛毛蟲，無法重新站起、返回戰線。

隨著淘汰的隊伍愈來愈多，現場焦灼不安的氣氛更是趨於白熱化，美國在地裁判的現場播報語氣也跟著激動起來。

「目前還剩下兩組機器人仍在場內拼搏，其實比到最後，在百般擦撞之下，機器人都快要報廢了，但是他們依舊努力不懈……」

「加油！加油！」觀眾高呼。

眼看恆毅隊伍的積木在賽場上愈堆愈高，組合完畢且就定位的「渦輪發電機」也愈來愈多，此時此刻，整個活動中心的場地內只剩下最後幾張桌面，其餘比賽結束的桌子已經一一拆除，前幾名也即將誕生。

聚光燈撒落光束，溫暖的粒子洋溢於室內，觀眾席上的熱度則又更高，大家討論著場地上的比賽隊伍有誰、機器人表現如何、戰況又有多麼慘烈，彷彿自己也是賽場上的一份子，群情激昂的喧譁聲像是圍繞不去的蜜蜂般嗡嗡作響，不停督促鼓舞著比賽。

這時候，鄭立傑等人遭遇了始料未及的狀況—

恆毅的競爭對手竟向裁判抗議，懷疑恆毅中學作弊。理由是恆毅機器人造型迷你設計簡約，不可能擊敗競爭隊伍概念複雜的龐然大物。

面對如此投訴，恆毅中學團隊表示願意再比一場，證明自己的能耐。鄭立傑和同學們在接下來的比賽中加倍付出心力，很可惜地，最終以極為接近的比分輸給對方。

然而，那股堅定的意志卻是有目共睹的，恆毅中學的隊伍雖然輸了比賽，卻贏得對方尊敬。

「你們的作品雖然小巧，卻真的很厲害，要是操控再好一點，策略再好一點，我們就沒機會了。」競爭對手真摯地說道。

2017年，國際奧林匹克機器人競賽紐約州校際盃，鄭立傑與夥伴們最後把第三名的獎杯帶回台灣，還和許多來自不同國家的同好們交換隊伍胸章、切磋機器人技藝，每個人在離開時都收穫滿載。

除了WRO，另一項恆毅中學學生戰果輝煌的機器人賽事則是FRC，全名為FIRST Robotics Competition，由美國非營利機構FIRST主辦。

FRC是針對中學生進行的工業級機器人比賽，團隊必須分別在程式設計、電機控制、機械設計、機械製作、數據分析、公關等六大領域進行分工，可謂全球最大的機器人賽事。

劉昊昕同學製作工業型機器人時，需使用許多具危險性的器材，一絲一毫不能馬虎。

FRC比賽更受矚目，賽程也更驚險刺激，在美國已經舉辦了二十七屆，全球報名參賽隊伍超過六千支。許多大學諸如麻省理工學院，都透過FRC的平台提供獎學金邀請人才加入學校。

WRO的機器人尺寸通常控制在長寬高二十五公分以內，但是上場後可以展開。FRC機器人則大得多，恆毅學生劉昊昕目前做過最輕的FRC機器人則是五十三公斤，大小約一個成人高，展開後卻寬達一公尺多，高度更達兩百三十五公分高，整體非常可觀！

在組成團隊和工期方面，兩者也差異頗大。由於FRC機器人更為精密，團隊所需人數也更多，扣除教練，包含正副隊長、總工程師、機械組、程式組、支援組、設計組、文書組和電子組，隊伍最小規模十五人，最大則可能六十人以上。

至於工期，WRO的機器人才料為樂高創意積木，通常若是靈感澎湃，則三天內可以製造完

左：圖為工業型機器人成品，通常參賽作品可能已是好幾代以後的產物了。
右：FRC賽事的現場一隅。

成，慢的話約莫將工期延長到兩個禮拜。FRC的機器人則已進入工業領域，零件也使用高規格的金屬片和複合媒材，例如鋁合金、PETG共聚酯和不鏽鋼，從設計到完工經常控制在三個月左右。

為了製造出能夠相互攻擊又穩定性高的金屬型機器人，需要以不會變形的金屬製作底盤；為了移動敏捷迅速，上方結構則必須兼具堅固與輕巧的特性。

鄭立傑經常在范若望大樓一樓的社團教室席地而坐組裝零件，或是以鋸台夾住金屬板，以弓鋸拚命切割出適當的金屬片，常常一塊鐵片就要連續鋸上二十分鐘，相當耗費臂力，若是覺得不滿意還會拆掉，有時候比賽出爐的作品，很可能已是第十幾代。

鄭立傑的父親從事不鏽鋼買賣，從小在以油壓剪裁切金屬的金屬工廠裡長大，對這類媒材可說是耳濡目染，一點兒都不陌生。

回想起國小時期，某一天，他看著電風扇轉哪轉，忽然興起了拆組的念頭，於是他玩了一個下午，等到傍晚爸爸回家，動手打開風扇，便眼睜睜地看著扇葉掉了下來……

幸好爸爸沒有責怪他，反而深具慧眼，看出他拆裝東西的興趣，從而鼓勵他加入動力機器人社團。鄭立傑從拼組樂高，一步步進展到加入動力套件，樂高積木愈玩愈小塊，機器人也鑽研得愈來愈深入。說起來，爸爸還真是功不可沒。

鄭立傑也是因為機器人社團，才選擇就讀恆毅中學的，不過剛入學時，他還是鬧了個大烏龍。

剛升上國一，鄭立傑搞不清楚機器人社團是獨立招生，他錯過獨招，接著又在社團抽籤中吃憋，排到三百多號，只好在直排輪社和手工藝紙娃娃社之間做出抉擇，讓他欲哭無淚。

但是他不死心，主動向社團老師提出利用大夜和假日時間學習的意願，獲得允許後更加碼學寫程式，展現出好學不倦的毅力。

直升高中部以後，他學習的領域也從樂高機器人拓展為金屬型機器人，即使有時候裁切金屬、組裝螺絲一整個下午非常辛苦，卻仍是樂此不疲，勤奮向上的精神讓他至今參加了國內外大大小小四十幾場比賽，也屢屢抱回佳績。

而劉昊昕則常忙碌於畫設計圖或做理論計算，在設計前期，與程式組溝通協調、和工程組確認結構零件和施工方式是免不了的步驟，此外，還得與電子組確認佈建電路和安規，過程中的每一個環節都得步步為營。

以扮演的角色而言，鄭立傑偏向負責維修組裝的機械組，劉昊昕則偏向負責溝通協調的總工程師，兩人各勝擅場。

劉昊昕喜歡走向國際，結交世界各地朋友、進行技術交流。他甚至早已忘了自己參加過多少場次的比賽，只關心自己的實力到哪裡，其他獎狀獎杯之類的形式都已不再重要。

毫不藏私的個性讓劉昊昕交遊廣闊，曾有中國深圳的友人力邀他加入團隊，雙方透過微信溝通，由

和同好進行交流與交換徽章，是參賽的一大樂事。

劉昊昕協助畫設計圖，並且拍攝指導影片。

２０１７年上半年，劉昊昕與中國夥伴們一同飛往美國匹茲堡，參加ＦＲＣ決賽，獲得了Rookie All Star Award的好成績。領獎的那一刻，全場都在歡呼，劉昊昕則身披中華民國國旗，衣服別上和其他隊伍交換而來的胸章狂奔上台領獎，頓覺一切辛苦都很值得！

「好啊，你都去玩機器人就好啦，都不用讀書啦！」偶爾鄭立傑的媽媽也會這麼叨唸。玩機器人和課業多少有所衝突，幸而透過教育部的特殊選才計畫，這些不特別熱愛念書、卻在特殊領域實力堅強的學生有機會選讀自己心儀的校系。

在恆毅中學待了六年以後，鄭立傑申請上逢甲大學機械與電腦輔助工程系，希望未來所學能和航太結合，從事飛機設計。劉昊昕則決定就讀中山大學海洋環境暨工程學系，目標是結合自動機械和環保綠能，協助處理海洋環境問題。

其實，因機器人而發光發熱的恆毅人不只這兩位同學，歷年來已有無數恆毅學子載譽歸來，為校、為國爭光。

目前，恆毅的機器人社團粗估有一百多人，校方更成立機器人專班，由林奕光教練和學長姊們孜孜不倦地提攜後進，讓學弟妹們也能跟從前人的腳步，走向明媚耀眼的未來。

2017亞太機器人聯盟－台灣國際錦標賽。

迎向未來

無私奉獻的活泉服務

「同學們，今天我們的目的地是聖嘉民啟智中心。」許惠芳老師告訴大家。

活泉服務社，是恆毅中學的服務性社團，足跡遍及新竹世光教養院及為數不少的安養中心，他們也曾經前往陽明山進行田野體驗，腳踩泥巴地、實際了解自然農法，學習不一樣的耕種概念。

那趟短暫的陽明山之行讓師生獲益良多，經由專人導覽解釋，他們得知看似雜亂無章的田地中，每一種植物的分布都是經過深思熟慮的安排，它們或許相輔相成，也許相生相剋，有可能左邊的這種植物，會產生某種讓右邊植物沒有蟲害的物質，充分運用了大自然的巧妙。

不過，活泉服務社最主要的任務還是在「服務」中「學習經驗」，所以，師生們再度踏出校園，準備走向需要他們的地方。

「還記得出發前，我們在學校討論過的事情嗎？」許老師提醒。

「記得。」學生們異口同聲。

「聖嘉民啟智中心裡住的是智能不足的成人，你們必須理解，他們智能不夠所以表達能力不好，也缺乏社會化經驗。所以，假使有人跑過來抱住你，可能是因為喜歡你。」車上，許惠芳老師再次耳提面命。

即便行前教育已經盡善盡美，但是出門在外，難免遭遇突發狀況，許惠芳老師不得不一而再、再而三叮嚀，幫大家打預防針，做好心理建設。

「他們甚至可能會咬你，同學們千萬不要以為對方在攻擊你，他們只是不知道怎麼表達情緒。」許惠芳老師環顧一派天真的學生們，道：「但是，還是要小心避免受傷喔。」

到達目的地以後，活泉服務社的同學們按照之前演練過的方式，陪伴聖嘉民啟智中心的心智障礙者，剛開始一切都進行得非常順利。

所謂服務，有時候是陪他們聊天和遊戲，有時候是幫忙清潔整理，若是碰上節慶，院方則有可能安排表演活動。這天，恆毅中學的學生們提供的協助是餵飯。

「來，張開嘴巴，啊！」學生端著飯碗，以湯匙舀起大小適中的一口飯菜，往小強（化名）的嘴裡送。小強剃著短短的平頭，目測約莫三十歲上下，一般三十歲的男子應該正值青壯，鎮日於職場上努力打拼，或許還有個美麗溫柔的女朋友和結婚生子的夢想。

然而，小強卻坐在餐桌邊流淌唾沫。

心智障礙者的外表都是成年人，心智年齡卻遠低於實際年齡，可能還不到上學得年紀，眼看他們連吃飯都無法自理，彷彿幼兒的靈魂被關進大人的身體。

面對生命的不堪與殘忍，十多歲的恆毅學生們彷彿忽然間成熟許多，他們扮演起大哥哥、大姊姊的角色，照料這些軀體比他們蒼老，精神卻遠比他們年幼的院生。

「再一口，啊……」

小強別開臉。「不要，不要，不喜歡菜菜。」

「菜菜很營養啊。」

「不喜歡。」

「你要聽話，來，這是一列火車，你張開嘴巴，火車要進山洞囉！」學生索性跟小強玩起遊戲，沒想到居然奏效了。

「啊。」小強乖乖張嘴接受。

學生鬆了口氣，打鐵趁熱又想了好幾種不同的交通工具，才一口口將碗中食物餵個精光。

午餐過後是睡午覺的時間，在教保員的引領下，和小強情況類似的院生們接二連三走往寢室，預備更衣就寢，恆毅中學的學生們也陸續收拾物品，在結束了幾小時的辛勞後向院方道別。

「老師……」說時遲那時快，小強突然光著下半身，跌跌撞撞衝出廁所，手裡還拎著一條褲子。尖叫聲四起，女學生們被眼前赤裸裸、毛茸茸的畫面嚇得花容失色。

原來小強不會穿褲子。小強就像初生的小寶寶一樣，拿著衣物想要去找媽媽幫忙，小寶寶哪裡懂得沒穿衣服必須感到害羞？

一秒鐘過後，所有人想起老師的再三囑咐，趕忙摀住嘴巴，叫聲嘎然而止。女學生們面紅耳赤，雖然努力控制情緒，卻仍舊尷尬得不知道該把目光放哪裡。

「來，我幫你。」輔育員面帶微笑走上前來，幫小強穿上褲子，帶他回房午睡。

事後，活泉服務社回到學校進行省察回顧。

由於是頭一次碰到這種狀況，導致學生們措手不及。靜下心來以後，大家都表示親自體驗和在校上課還是有很大的差距，這次經驗雖然有很多「驚嚇」的成份，卻也在記憶中留下難以抹滅的深刻印象。

隔週和再隔週的探訪也相當特別，社團服務結束之後，同學們照例返回社辦，進行事後的回顧討論。

「誰要先分享？」許惠芳老師問。

活泉服務社關懷聖方濟育幼院院童。

一名長髮女孩率先舉手，說道：「我和我的夥伴兩人一組，負責探訪住在新莊市場後面的獨居阿嬤，每次去阿嬤家，她都會準備好多東西給我們吃，又是水果又是滷味，我們根本吃不完，阿嬤還不停說『吃！趕快吃！』對我們好好喔。」

長髮女孩和另名短髮女孩相視而笑，後者接著說道：「對啊，阿嬤還拚命跟我們講話，現在我連阿嬤每個孫子的名字都會背了。」

「所以，阿嬤看到有年輕學生去探望她，心裡很高興。」許惠芳老師點點頭。「從這件事情中，妳們觀察到了什麼？」

長髮女孩轉動眼珠，想了想，說道：「我覺得阿嬤雖然獨居，卻並不窮苦，她有房子、有小孩，小孩也都各自結婚生子了，只是沒有跟她住，所以她應該很孤獨吧，才會很開心有人能聽她說話。」

「聽阿嬤講話、逗她開心，在我們的能力範圍內，我們應該儘量去做。」短髮女孩表示。

許惠芳老師欣慰地笑了笑，繼續問道：「再來換誰？」

另外一組舉起手來，提及去環河路附近，拜訪由華山基金會照料的獨居老人的狀況。

那阿嬤是真的家徒四壁，住在狹窄的小房子裡，靠社福單位接濟維生。學生們帶了包進口餅乾前往探望，同樣非常有禮貌地幫忙整理屋子、陪獨居老人聊天、做些才藝表演。

許惠芳老師也在現場，她還注意到一件學生們忽略了的事。當學生將餅乾交給阿嬤，阿嬤看起來並不特別開心，反而問道：「你們有沒有麥片？」

許老師以目光搜索屋子，隨後在架子上找到一個麥片桶，她趁著大夥兒不注意，悄悄打開蓋子一看，發現麥片已經見底，只剩下一兩塊碎屑孤零零地躺在桶子裡。

想來獨居阿嬤的生活果真是捉襟見肘，但許惠芳老師並沒有將實情一語道破。畢竟，活泉服務社不是華山基金會，社團服務的目標是教育，而非社會工作，讓學生從中汲取經驗、建立獨立思考能力，才是拜訪弱勢族群最重要的目的。

「還有誰要分享？」許惠芳老師鼓勵的眼神掃過每一張年輕稚嫩的臉龐。

「我。」一個新加入的男孩怯怯地自座位上起身。

「說吧，不用緊張。」許惠芳老師微笑。

「我要分享的是，去新莊中正路上老人安養中心的經驗。」男孩深吸口氣，說道：「那間安養中心……」

那間安養中心就位在捷運新莊站隔壁，跟恆毅中學距離非常的近，步行五分鐘就能抵達。

這天，活泉服務社的同學們，兩人一組分配到不同樓層的不同房間，服務住在裡頭的阿公、阿嬤。住在安養中心裡的老人家很多都失智了，要嘛就是好像聽不懂你說什麼，要嘛就是講話一直跳針，像個還沒上學的小孩子一樣。

不過，我和夥伴分到的阿公沒有失智。

我們來到一間阿公的寢室，才剛進去，我就用中氣十足的音量跟他打招呼，起先阿公沒有反應，他坐在床頭，一直看著角落，臉上什麼表情都沒有。

「阿公，今天精神還不錯唷。」

「要不要我念報紙給你聽？」

我們輪流跟他說話，希望能吸引他的注意力。

過了一會兒，阿公開口了，他說：「幫我打電話，叫我兒子來接我。」

我和我的夥伴對看一眼，終於明白阿公剛才在是盯著靠牆的那張摺疊輪椅看。

阿公沒有失智，他是失能。

「快點幫我打電話，叫我兒子來接我，我要回家。」阿公再次說道，這次的語氣稍稍有些不耐。

我對我的夥伴莫可奈何地聳聳肩，還是夥伴反應快，他立刻接話：「阿公，還是我幫你搥背？」說著他就湊到阿公旁邊，替阿公又捏肩又捏腿的。

這時我見到櫃子上有顆蘋果，於是順著夥伴的話講，故意嚷嚷道：「哇，有蘋果耶，阿公，我削水果給你吃吧？」

我從抽屜裡翻出一把水果刀，幫阿公切起蘋果，還每隔十分鐘餵他喝水，故意把阿公搞得很忙，讓他忘記打電話的事。

可是，阿公的思緒總是會重新飄回輪椅上，然後再一次拜託我們幫他打電話。他好像真的很想回家，我可以清楚感受到阿公在安養中心沒有歸屬感，但是又身不由己，因為他行動不便。我覺得阿公好可憐……

「老師，為什麼阿公的兒子不尊重阿公的想法，把他接回家住呢？」長髮女孩語帶哽咽。

「他的兒子真不肖，竟然把親生老爸趕出家門。一定是嫌阿公老了，不想要管他了，所以惡意棄養。」短髮女孩氣呼呼地說。

「其實把長輩送進安養中心，生活不見得比較容易喔。」許惠芳老師解釋：「住在安養中心裡，每個月都要付照顧費用，便宜一點的一兩萬，貴的有可能四五萬，此外還有紙尿布、牛奶等費用，夯不啷噹就要好幾萬呢。」

「那麼貴……」男孩咂舌。

「當然，阿公住進安養中心恐怕是非自願的，讓我們想一想，為什麼阿公的兒子不接他回家呢？」

「也許家人都要上班，沒辦法照料阿公？」長髮女孩說。

許惠芳老師點頭表示同意。「如果大家都出去工作，家裡沒有人，阿公獨自在家可能更不安全。」

「也許照顧阿公需要專業的知識和能力，這是他兒子所做不到的。」男孩回答。

「那各位再想一想，阿公的兒子有沒有更好的作法呢？」許惠芳老師引導學生多做思考。

於是，有人說可以多看幾間安養中心多比較，有人說也許是服務的人對阿公不禮貌，若是他兒子常常

活泉服務社赴八里安老院關懷長輩。

前去探望，就能從互動中看出端倪。

無解的人生習題總是充斥在我們的社會之中，活泉服務社藉由親自服務和事後檢討，激發學生的多元思考，同時也不忘同理學生內在的衝擊。

也許，這些學生日後會更珍惜與長輩相處互動的機會，面對父母晚年的問題，也都能比阿公的兒子處理得更好。

這幾次探訪始終縈繞許惠芳老師心頭，以致於後來，她在撰寫一封公務郵件時，偶然於文末提及獨居阿嬤的事。

「對獨居老人來說，麥片是很重要的食物，我們自以為帶了比麥片更好的高級餅乾當禮物，沒想到阿嬤需要的是基本生活所需。」許惠芳老師感慨地寫道。

在寄出信件的隔天，許惠芳老師就收到某位同事贈送的三合一麥片，兩人還一塊兒送去給獨居阿嬤。

又隔了一天，恆毅中學的老師們竟自動發起募捐，麥片、米、麵等東西如滾雪球般送來，慷慨解囊後的成果募了整整一車，更於校慶時舉行儀式，祝禱後再送去專門服務獨居老人的華山基金會。

身為教友的許惠芳老師十分感念同仁們的善舉，她相信，恆毅中學的師生們確實身體力行，實踐了活泉服務社的精神，將溫暖送至每一個能力所及的角落。

繁星繁星亮晶晶

紅色簾幕緩緩垂降，在舞台幾乎被掩沒時，掌聲隨之炸開。霎時間，歡呼與吆喝形成一道音浪，彷彿要衝破活動中心的屋頂，其中又以高三智班的叫好聲最為響亮。幾秒鐘後，主演話劇的智班同學戴若芸、廖彥傑等人一一回到舞台謝幕，他們手牽著手，以充滿誠意的九十度彎腰，鞠躬，答謝。

掌聲代表接納和贊同，表示他們成功收服了滿場難搞的青少年，他們瞇起眼睛，霧茫茫的強光不再是台上與台下的分野。

接著，演員們高舉彼此的顫抖發汗的手，這成果得來不易，總算不負「外交小尖兵」的稱號，他們給自己設立的標準絕對比台下觀眾的期待更高，值得享受眼前榮耀的片刻。

為了培養e世代英語人才溝通能力、團隊精神及國際視野，外交部和教育部聯合規劃了「外交小尖兵英語種籽隊選拔活動」。戴若芸、廖彥傑等幾名喜愛英語的學生在國三決定直升以後，便接受教務處招募，由外師Paul和Brandon親自指導每週一次的語文培訓。

培訓方式有別於一般制式課程，有時老師會隨興放張投影片，要求學生們看圖說故事，即興演講一分鐘，有時則要他們自己編寫劇本，演一場五分鐘的話劇，而這些都是政府舉辦的「外交小尖兵」比賽項目。

英語話劇對高中生而言，是個吃力且吃重的挑戰，不僅需要花費許多時間準備，複雜與困難程度更是超乎尋常，他們必須從頭到尾自行構思表演，處理服裝、道具、燈光、音樂等所有細節，幕前幕後皆完全不假手他人。

然而，無論事前準備得多麼充分，實際粉墨登場的當下，仍很難不被排山倒海而來的焦慮和壓力吞噬，導致發抖、忘詞、吃螺絲或表情不到位。尤其是每個人都得扮演兩個以上的角色，還得同時身兼演員和工作人員，在在考驗學生們的抗壓和應變能力。

由於「外交小尖兵」的學生們都是箇中翹楚，所以學校會請他們在校慶、新生說明會等重要場合進行成果發表，為了不砸鍋，也為了對得起老師和自己的努力，學生們在公演前好幾個月就開始拚命練習。

他們會隨時將稿子帶在身上，無時無刻想劇情、背台詞，甚至連走在路上都會喃喃自語，可說

繁星推薦校內人工選填。

親師懇談日，許婷婷老師針對大學多元入學進行介紹。

是整個人陷入自我的小世界，在內心的小劇場裡不停排演劇情。

經過日積月累的鍛鍊，學生們的口說能力突飛猛進，跟外國人講話也完全不會害怕，相當輕鬆愉快。當恆毅中學的菲律賓姊妹校學生來到台灣考察，便是由「外交小尖兵」負責接待，以流利的英語即興發揮，向外賓介紹學校的特色社團、參觀校園以及互動聊天。

本身濃厚的興趣加上頻繁接觸練習，使的他們個個英語成績出類拔萃，考取理想校系也有如囊中取物，透過繁星機制，廖彥傑錄取了師範大學英文系，他的同班同學戴若芸則考上淡江大學西班牙文系。

民國一百零七年，恆毅中學繁星推薦上榜人數為一百零二人，其中國立大學多達三十三人。

連續兩年，恆毅勇奪全國私中第一名，上榜人數排名更從去年的全國第八躍進為全國第二，與第一名的學校僅差了一人。

陳海鵬校長在接受自由時報採訪時分析，繁星取得傲人成績的主要幕後推手，班導師們當仁不讓。由於師生間

繁星推薦校內分發作業。

有互信基礎，老師花時間協助學生按現有成績、融合興趣選填校系，學生多能聆聽師長所給的建議、做出最好的選擇。

特別是恆毅中學的直升班，經過國三這一年的生活適應和心理調適，能減少磨合和適應的時間，讓學生比其他會考分發入學的同學們更加成熟穩定。從高三上學期開學以後，就有許多直升班的學生每天自願從八點自習到九點半，認真可見一斑。

而輔導處逐年掌握繁星推薦的發展趨勢，安排輔導課程、邀請專家主持講座，高三導師們又協助學生提昇學測成績，與家長、學生一起分析學生個人成績優勢和興趣性向，大大增加了上榜的機率。

高三智班傅婕詠、徐浩洋、陳思佑和楊士賢等人都是最好的例子。面對光明的未來，他們早已蓄勢待發！

傅婕詠是現任家長會會長的女兒，她考上輔仁大學織品設計學系行銷組，希望以後能從事時尚產業的行銷工作。

徐浩洋錄取政治大學外交系，他的志向是多跟他人交際、認識很多人。

陳思佑考取台北大學法律系，希望有朝一日能成為檢察官！

楊士賢則準備收拾行囊前往台南，因為他考上成功大學機械系。至於將來的志向，他打算等到大學以後再多加探索。

經由繁星機制的策略性應對，以及多元化的社團栽培學生適性發展，恆毅中學雙管齊下，讓每個學生都有機會成為耀眼的明日新星，開創自己的一片天空。

107學年繁星上榜學生大合照。

畢業，我們的成年禮

色彩鮮豔的氣球替校園抹上顏色，在這不尋常的日子裡，忠孝樓前方以氣球、泡泡、紙飛機和寫滿祝福的看板排出了一條路徑。

今天是畢業典禮。

畢業生們背上書包，最後一次踏出教室，他們集中在若石樓前方，接受學弟妹們的夾道歡迎，以及歡送。

恆毅中學的在校生們搖晃看板、遞送氣球，賣力吹出一串又一串在日光折射下閃耀彩虹般繽紛色澤的泡泡，從二樓廊間向外拋出的紙飛機漫天飛舞、迎風飛揚。

八個畢業班中，高三智班排在全年級的最前方，為首的是班導師徐文彩老師，後面依序為義班及導師溫旺盛老師、勇班及導師賴勇先老師、節班與羅欣予老師、信班和莊明輝老師、望班和吳佳紋老師、愛班和吳其昌老師還有真班和秦培真老師。

陳海鵬校長、杜天佐主任以及謝怡靜主任帶領畢業班隊伍，於在校生的歡送中走向禮堂。

徐文彩老師身穿一襲柔軟白上衣和條紋雪紡褲，儘管步履輕盈，眼底卻流露藏不住的沉重。

又到了必須相互道別的時刻，四年的朝夕相處，四年的情誼，學生畢業就好比母鳥目送小鳥離巢，有擔憂、有不捨，更多的是欣喜與驕傲，紛陳雜沓的滋味在她心裡碰撞，令她百感交集。

徐文彩老師於民國八十一年來到恆毅中學，在那之前，她是輔仁大學夜間部的兼任講師，由於鐘點費不足以支撐生活，在輔大夜間部擔任總務長的劉嘉祥神父便介紹她到恆毅教書。

起先非常挫折，當時的恆毅中學制度並不完善，缺乏職前訓練，加上她得同時教國一、高一和大一的學生，自己的小孩又剛好是一歲和小一的年紀，等於是每個階段的孩子都碰上了，不僅備課起來辛苦，溝通的語彙也容易錯亂。

徐文彩老師回想從前，曾一度掌握不了帶班的方法，成天像是母老虎般亂吼亂叫，還會拿棍子修理學生，或體罰學生做「人龍」—意即讓學生排成一列蹲下，後面的人抓住前人的腳踝，全體繞著教室蹲走三圈。

第五十八屆恆毅中學高中部畢業典禮現場。

常常學生走不到一圈便叫苦連天，走兩圈便滿頭大汗，等到走完三圈，連抱怨的力氣都沒有了。

但是，徐文彩老師相信自己是個用心的導師，她對學生抱持的態度是「Call in、call in，你有call我就in」，覺得學生或許會不喜歡她，但絕對不會說她不認真。

今年是民國一百零七年，恆毅中學首度將高中部畢業典禮改為白天舉行，在校生沿途排成兩列，以忠孝樓前方的司令台為起點，沿著操場繞行半圈後轉入恆青大道，直達活動中心，歡送第五十八屆的應屆畢業生。

畢業生由陳海鵬校長、杜天佐主任和謝怡靜主任領軍，穿梭於在校生的歡呼恭賀和現場演奏之間，提琴聲悅耳悠揚，琴弓以音符訴說千言萬語，代表學弟妹們的祝福，粉紅色、綠色、橘色和藍色的紙飛機則在半空中劃出一道道自由自在的倏忽光影，象徵畢業生展翅高飛、無憂無慮。

他們在制服領口別上胸花，以燦然耀眼的紅色花朵和「畢業生」三個字點綴最後一次披上的制服，學生們走著、轉著圈、蹦跳著，掌心的手機開啟了攝影或照相模式，將周遭一切記錄起來，紅花則於襯衫衣襟上熱情綻放，隨著學生

學生代表向班導師獻花，温旺盛老師默默拭淚。

的動作迎風搖曳拍打，猶如一個難分難捨的離別吻。

徐文彩老師極力控制自己，避免情緒潰堤，現在的她已經可以收放自如，以說理、溝通的方式帶領班級，但付出的情感卻從來沒有少過。眼前是同樣的小徑，走了不曉得多少回，只消一個閃神，昔日記憶便霍然湧現……

多年以前，另一個即將畢業的直升班，曾有學生連續兩天沒來上課。徐老師的習慣是每天七點半一定點名，有人缺席就馬上打電話，所以她致電學生家中，憑藉身為老師的直覺，她認為學生聽起來不像是生病，便猜測距離大學聯考只剩三週，學生的問題在於心病。透過循循善誘，學生不再逃避學校，也順利考取大學，不過事情還沒結束，放榜以後，學生得知自己考上中原大學財經法律系，立刻直奔徐文彩老師家中大哭一場。

其實她自己想唸的是外文系，法律系是為了對爸爸有所交代，逼不得已填選的志願，沒料到陰錯陽差弄假成真。她邊哭邊吵著要重考，徐文彩老師只好勸她先註冊再考慮辦休學，費了好一番功夫，終於讓她回心轉意，後來更將法律讀出興趣，成為一名執業律師。

「來，這邊請。」招待處人員將典禮流程表送進徐文彩老師懷中。

活動中心門口，輔導室老師們已經擺好陣仗，長桌上最新一期的恆毅刊物「恆聲毅趣」和畢業典禮流程表排放整齊，隨時供簽到留念的貴賓、家長和學生們領取翻閱。大門兩側還豎立著各一對學士造型充氣娃娃，娃娃們張開雙手送往迎來，彷若也在高聲歡呼。

燈光和音控團隊已經就定位，七彩舞台燈彷若自天花板拋出斑斕紙片，令奇異光彩於幽暗的空間裡四處流轉，偶有絲絲螢光溢出窗外。此際的活動中心好似一座巨大寶箱，其中數不盡的驚喜和珍寶正等著畢業生們前來挖掘。

「老師，智班的座位在那邊。」班長提醒。

「好。」徐文彩老師點點頭。

畢業生們魚貫通過氣球拱門，自橫批「成年之門」四字下方穿越，找到各班的位置。

家長會成員、地方民代和來自各大專院校的賓客們也在糾察隊的導引下找到貴賓席，眾人陸續就座，畢業典禮即將開始。

接著燈光一暗，原先活潑的光影瞬間凝結，就連漫舞的塵埃也靜止不動。

司儀以溫潤的嗓音介紹傑出校友進場，身穿筆挺西裝的胡國強董事長手持寫著「恆毅之光」的白色大蠟燭，抬頭挺胸沿著紅毯緩步前進，明亮的燭光在移動中婆娑起舞。

胡國強董事長踏上鮮花點綴的舞台，將白色蠟燭遞交給陳海鵬校長，完成了帶有「傳承」意味的儀式，隨後典禮以校歌揭開序幕。

温旺盛老師與高三義班的時空膠囊。

天主教學校的重要場合總是少不了神父祈禱，這天，主禮神父以聖經故事勉勵學子，帶領大家感謝讚美天父，並懇求上主降福、保護每一位恆毅畢業生，隨後則將「時空膠囊」分發還給各班，這才把麥克風交給恆毅的大家長－陳海鵬校長。

「前幾天，有個高三的學生來到校長室，送了我一束花和一張卡片，」陳校長佇立於舞台正中央，殷切說道：「裡面有一句話，讓我忍不住想和大家分享，上面寫著『我們會努力成為良善的人』。同學們，我希望你們都能成為良善的人，去影響這個世界。」

陳海鵬校長更以若石樓耶穌聖像前，為了畢業典禮才剛栽下的向日葵作為比喻，期勉即將離校的畢業生。「每一朵花都開得不一樣，但每一朵花都有自己的優雅，願各位在往後的生命中，都能綻放自己獨特的美好。」

接著，校長恭請董事長上台致詞，恆毅中學的董事長張振東神父今年九十二歲了，台大哲學系與輔大哲學研究所畢業後，張董事長又到加拿大留學取得博士，接著先後擔任過輔大哲學系系主任和輔大副校長。

張董事長在陳校長的攙扶下，邁出危危顫顫的步履跨過階梯、踏上舞台，他的神態依然清朗，即便歲月壓低了他的肩，折弓了他的背，他老人家也要親自跟台下的學生們說說話。

也是，為了留下美好回憶，總得付出相對心力，徐文彩老師想起了畢業旅行，她為學生們準備的特別紀念品……

遊覽車行駛在南台灣炎熱的道路上，車上熱烈的氣氛有如火鍋翻騰，學生們則一個個宛如火鍋料般在車廂裡蹦蹦跳跳，愈是逼近墾丁大街，就愈是安靜不下來。

唱歌的、聊天的、嬉笑打鬧的大有人在，卻沒有人意識到徐文彩老師的神情愈來愈難看，徐老師向來注重學生品性，尤其是出門在外，更是怕別人嘲笑自己的學生沒家教。

「你們會不會太吵了？」徐老師臉色一沉。

「拿去啦。」夾雜著一陣笑鬧，一個男同學朝前排座位的女學生扔了個不曉得什麼東西，惹來女生尖叫連連。

「真是夠了，你們，」徐文彩老師臭著臉，厲聲說道：「等會兒通通提早十分鐘回飯店，我有話要跟你們說。」

「啊？」

「老師怎麼了？」

「不知道。」

車上頓時鴉雀無聲，學生們面面相覷，他們不明白老師為何突然生氣，不明白老師怎麼連畢業旅行都要掃興。

時至今日，徐文彩老師早就不河東獅吼了，她只需要擺出肅穆的神情，在一旁

第五十八屆畢業典禮家長會長們與家長會成員合影。

好整以暇地磨利爪子，就能讓周遭溫度降至冰點，將學生嚇個半死。

下車以後，傻眼的高三智同學們連逛墾丁大街的興致都沒了。他們然後按照老師的吩咐趕回飯店，還打電話催促遲到的同學：「喂？你怎麼還有心情買東西？老師在等了啦……」

數分鐘後全員到齊，他們死盯著腳尖，避免和老師銳利的目光有所接觸，徐文彩老師眼神中的譴責彷若千斤重擔，讓他們大氣都不敢喘一下。

「全部給我進去！」徐老師一瞪。

學生們像是乖巧的羊群，全數被趕進飯店游泳池旁的小空地。意外的是，這時工作人員居然邊唱生日快樂歌，邊將三個大蛋糕推了過來。

「同學們，」徐文彩老師清了清喉嚨，語調忽然變得柔和。「這個月有四個壽星，我們一起祝他們生日快樂！」

「啊？我們被耍了……」高三智的同學們先是瞠目結舌，接著恍然大悟。

徐文彩老師臉上則堆滿了得逞的奸笑。

那真是個瘋狂的夜晚，生日派對以互砸奶油告終，每每想到那次惡作劇，徐文彩老師便笑得合不攏嘴。

可是，每每想到即將與學生分離，徐文彩老師卻又酸了鼻尖……

輪到家長會長致詞了，張奇英會長以一身明媚的紅洋裝出席畢業典禮，顯得艷光四射。

張奇英會長自己的女兒也是高三智班的畢業生，孩子在恆毅讀了六年，她也在恆毅擔任了六年的家長會成員，今天同時是母女兩人揮別學校的日子，讓她特別有感而發。

「我有兩句很喜歡的話，想要送給大家。第一句是『人生只有累積，沒有奇蹟』，希望你們確實累積人生的經驗值，這樣人生才會精采……」

「第二句是『每個打擊都有它的意義』……」

下一位致詞的是恆毅創校的貴人、前新莊市長黃林玲玲女士，恆毅中學的畢業典禮辦了五十八屆，她就參與了五十八次，從來沒有一回缺席。

黃林玲玲女士個頭嬌小、口齒伶俐，甫開口便以風趣的魅力征服全場。「啊，我真的很喜歡恆毅，要是晚生二十年，我也可以唸恆毅，可惜我早生了二十年，只好去唸北一女了……」

活動中心內爆出如雷笑聲和掌聲，徐文彩老師也跟著抿嘴而笑。

花束、玩偶與卡片擱在徐文彩老師的腳邊和兩旁的椅子上，令她彷彿身陷花叢。沁涼的空調將鮮花的馨香徐徐送來，讓她的思緒跌落半年以前，那個同樣涼爽宜人的秋夜裡……

那天是教師節，徐文彩老師照例在高三智班教室內陪讀。

當大夜的放學鐘聲響起時，她正沉浸在淡淡的憂傷之中，因為學生們一整天下來沒有任何表示，讓徐老師心中不免有些小小的失落。

「咦，為什麼這麼早打鐘？」徐文彩老師朝手腕瞥了一眼，錶面告訴她現在是八點十分，距離正常的下課時間應該還有五分鐘。

「沒錯呀，」學生們紛紛抬起自己的手錶，七嘴八舌地說道：「我的錶是八點十五分。」

「奇怪……」徐文彩老師蹙眉。

「老師，下課了啦。」學生催促。

徐老師困惑地望著走廊等了三秒，隔壁教室毫無動靜。「不行不行，明明就還沒放學，你們這樣會害我被學校罵的。」

「就真的八點十五了啊，老師，明明就是妳自己的手錶壞了。」學生把手錶湊到老師臉前。

「是這樣嗎？」徐文彩老師面帶狐疑，但見學生們眼裡寫滿疲憊，一個個彎腰駝背、垂頭喪氣的模樣，不得已也只好投降。「好吧，你們走吧。」

高三智的學生們一聽到老師這麼說，立刻以驚人的速度收拾書包，轉眼間作鳥獸散。

徐文彩老師嘆口氣，默默地關燈準備離開，然而，最後一名逗留在教室的學生卻突然扯住她的衣袖，對她說道：「老師，外面有人找妳。」

不明就裡的徐老師半推半就地被學生拉往走廊，兩人趴在窗台向下探望，赫然看見高三智班的學生們全部在一樓集合，他們高舉手機的手電筒，排成一個閃閃發光的愛心形狀。

「教師節快樂！」學生大喊。

原來，學生們想出一個妙招，他們以手機藍牙連接教室內的投影機設備，再透過投影機喇叭，完美複製了下課鐘聲的音樂。

學生們甚至故意將每個人的手錶調快五分鐘，就是為了讓騙局更加逼真、更天衣無縫。

徐文彩老師雙手抱胸，表情既好氣又好笑，一時半晌說不出話來。

「我不愛唸書，只想練功夫，如果我會輕功真酷⋯⋯」學生們扯著嗓子，高唱琇琴的「師恩深一生深」。「老師，老師，謝謝你，謝謝你，教我們天文地理，做人的道理⋯⋯」

手機的光芒點亮了操場的角落，也點亮了學生熱切的臉龐，他們仰望高樓上的老師，繼續高聲吟唱。

「老師，老師，謝謝你，謝謝你，教我們天文地理，永遠不會忘記你。」

明亮的愛心在黑暗的校園中隨著歌聲搖擺，觸動了徐文彩老師心裡最柔軟的那一塊……

「大家好，我是恆毅中學第四屆畢業校友胡國強。」舞台上，聯電前董事長胡國強博士以學長的身分受邀回到母校，和學弟妹們分享他的經驗談。「這是我第二次參加恆毅的畢業典禮，第一次是我自己畢業，五十四年後的今天，很榮幸能參與第二次。」

徐文彩老師注視著胡國強博士，不禁好奇多年以後，會不會有自己的學生受邀回來，同樣站在這個舞台上講話？

「我在恆毅讀書的時候，總共拿了二十八張獎狀，當時我是初中部六個學期，每學期的第一名，而且三年全勤，從來沒有請過假。我非常感謝我的父母和師長，民國五十三年，我們那一屆有三十幾個考上省中，我自己沒有機會向校長、教務主任訓導主任道謝，覺得有些遺憾。但是今天，看到了恆毅繁星榜單是全國私中排名第一，我感到相當高興，謝謝各位在座老師的用心，傳承了恆毅的文化。」

徐文彩老師再度鼻酸，胡國強博士真是句句說到了她的心坎裡，今年繁星推薦交出漂亮的成績單，她的確是既感慨又驕傲。

她實在捨不得這屆高三智，學生們認真懂事，家長的參與和支持更是前所未見，一個班級裡就有七位家長委員，帶了四年的班級，怎麼可能捨得？

「我將一生的經歷濃縮成四個建議，今天贈給各位同學。一是找到興趣所在，二為早點建立英語能力，三是建立自信、謙遜的態度，四是養成良好的生活習慣，交好的朋友。各位切記樂觀奮鬥，碰到困難不要氣餒，只要有心向上，沒有人擋得住你。」

胡國強博士的祝賀在熱烈掌聲中結束，緊接著是頒獎、頒發畢業證書和畢業生表演。

活動中心內的澎湃的情緒在畢業班老師們獻唱時來到最高潮，八位老師在舞台上排成一列，由歌藝傲人的溫旺盛老師領唱，台下掀起一陣激情的躁動。

「旺盛，我愛妳！」

「文彩老師，我們愛妳！」

喊聲此起彼落，各班畢業生爭先恐後，搶著向班導師告白。尤其是高三智和高三義這兩個直升班，從國三到高三，四年來，一千多個相處的日子，學生們的感激之情盡在不言中……

「老師，謝謝您願意隨著學生的需求改變自己，甚至為了學生權益和學校據理力爭。」陳思佑心想。

「老師，謝謝您在各方面維護、照顧我們，陪我們看電影聊天，把我們看作是自己的小孩一樣。」楊士賢心想。

「老師，謝謝您花時間陪伴我們，每當我們假日來學校念書，您就會提著麵包、餅乾前來探望。」徐浩洋心想。

歌聲漸歇，此時司儀說道：「班級代表獻花。」

八名代表分別從八個班級中竄出，他們捧著花束衝上舞台，衝向自己的班導師。

面對眼前在中學時期快速拔高的學生，溫旺盛老師忍不住紅了眼眶。溫老師今天難得地化了全妝，眼抹霞彩、輕點朱唇，還以腮紅添加了好氣色，卻還是忍不住把妝給哭花。

直到後來回到座位，舞台螢幕播放畢業影片時，看著學生們用心製作的告白短片，溫旺盛老師仍頻頻拭淚，讓高三義班的女孩們也跟著哭了起來。

「最喜歡的老師？當然是我們班導師啊，溫旺盛老師超級好的！」問戴渝庭一千次，她也會這麼回答你一千次。

最後，恆毅中學校園電視台邀請了許多知名藝人和部落客拍攝短片，祝賀畢業生們，成為額外的驚喜。典禮尾聲融合在畢業歌的背景音樂裡，學生們輪流向老師獻花、與老師合照。在人群的簇擁之下，徐文彩老師面帶嫻靜微笑，將這一切盡收眼底，銘記於心，直到曲終人散。

孩子，祝福你們……

鵬程萬里。

珍重再見。

畢業生們為彼此的畢業紀念冊簽名留念，並在擁抱中結束高中生涯。

創校以來不曾缺席過畢業典禮的黃林玲玲女士和兩位主任合影。

換我來疼惜你

門鈴響起，江秋月老師瞄了時鐘一眼，隨即匆匆走向玄關。家門敞開，門外的熟悉身影是昔日的學生家長，同時也是傳統市場裡菜攤子的老闆。

「謝謝你跑一趟，老是這樣麻煩你。」江秋月老師往門邊挪了兩步，讓滿手東西的老闆進來。

「別跟我客氣。」老闆把手裡的東西放在老地方，擦擦額際的汗，細數道：「這禮拜有青江菜、小白菜、大陸妹、絲瓜和韭菜，還有一顆新鮮的梨山高麗菜，保證又脆又甜。」

「很好、很好。」江老師頷首。

「這邊有老師特別交代的牛肉和豬肉，都是一早剛處理好的，肉質壓下去還會回彈呢。」老闆得意地說。

菜攤老闆的兒子和江老師的小孩同屆，自從劉明維老師生病以後，少了個提重物的幫手，江秋月老師便不再上市場買菜，而是託老闆幫忙配好一星期的食材，每週送貨到府一次。

這時，老闆注意到江老師打扮整齊，似乎正準備出門。「咦，老師要出去啊？」

「對呀，和第一屆學生約了吃飯。」江老師回答。

老闆若有所思地問：「哇，時間過得好快，老師退休也好幾年了吧？」

「民國一百零二年到現在，算算也五年了，恆毅都建校六十週年啦。」江秋月老師微笑。

江秋月老師（前第二排右二）與1978年畢業校友。

丈夫劉明維老師於民國九十一年退休，由於擔任行政工作二十多載，教書的熱情被繁瑣的行政事務消磨殆盡，於是選擇比江老師早十一年離開恆毅。反觀江秋月老師實在喜歡教書工作，便懷抱「既然還有命活著就繼續上班」的豁達觀念。

回想起在恆毅教書的四十三年，佔去了人生將近三分之二的歲月，其中苦樂參半。

樂的是作育英才。早期學生的年紀都將近半百了，其中不乏醫生、律師和各行各業的中堅份子，放眼望去遍地桃李。

苦的是工時太長。任教期間江老師要求學生若是要請假，必須於早上六點十分、老師出門上班以前打電話報備。晚上則會接到家長電話，有時候還一講講到半夜，為了親師溝通不遺餘力。

所以，江秋月老師家中的電話等於是二十四小時開放，隨時準備好聯繫事宜。

「跟學生聚餐哪，真不錯哩！」菜攤老闆盛

讚：「一定是老師把學生都當作自己的小孩，所以才會感情那麼好。」

「雖說我很喜歡陪伴學生成長，但是後來發現學生和家長給我的幫助反而更多，像是年歲大了，要提這些菜啊肉的實在吃力，多虧有你幫忙，真的非常感謝。」江秋月老師說。

「唉呀，您這樣說我都不好意思了，謝謝光顧，我下禮拜再來！」老闆靦腆地笑了笑。

送走老闆以後，江秋月老師把食材整理好放進冰箱，臨出門前，再度抬眼環顧四周，往昔彷若歷歷在目……

剛結婚後不久，為了營造更舒適的生活環境，劉明維和江秋月老師在家中裝了一台冷氣。當時冷氣算是奢侈品，一般家庭供應不起，於是假日家中便聚集了學生－大夥兒都來老師家裡吃飯吹冷氣。

劉明維老師燒了一手好菜，家中廚房是他一支獨秀的舞台，不過，在學生來訪時，老師夫妻倆通常會帶著大家一起包餃子。包餃子的時間可以天南地北地閒話家常，還能讓這批十來歲的青少年學習烹飪鍛鍊廚藝，著實寓教於樂，還能紓解平日蓄積的讀書壓力。

飽餐之後，二三十個學生橫七豎八地躺在地上打地舖，在冷氣的涼風送爽中，鼾聲此起彼落。老師夫妻倆也不怎麼心疼電費，凝望一張張熟睡的青澀臉龐，他們是真心感到歡喜。

甚至是學生畢業以後，仍經常到老師家中拜訪。

現任國立陽明大學醫學院生理學研究所教授的高毓儒，是江秋月老師最為掛記的其中一位學生。高毓儒由於母親早逝，所以總是藉由週記抒發心情，一次都寫兩三頁，除了提及生活和家裡所發生的大小事，偶爾也會不經意透露出年輕男孩的對未來的徬徨和不確定。

江秋月老師也回他好幾頁，試圖從中開導他，老師亦師亦友，以年齡來說又像是大姊姊，週記儼然成為師生間暢所欲言的祕密管道。

爾後，高毓儒考上板橋高中，仍不時到老師家裡聊天，直至高三時面臨升學困境，導致整個人退卻不前，他的哥哥還特地找上江秋月老師，懇請老師幫忙：「老師，弟弟最聽您的話，求您開導開導他！」

在順利渡過難關以後，高毓儒考上東海大學生物學系，服兵役時曾任軍醫，有一回因病告假返家，心繫江老師的他刻意繞到老師門前，想與昔日恩師敘敘舊。沒想到江秋月老師一見到他，便瞪大眼睛驚呼：「啊！糟糕，今天飯沒煮夠！」高毓儒則抓抓頭，苦笑回答：「老師，我現在一餐只吃四碗，吃不了十四碗啦！」

「叭—」屋外的喇叭聲打斷思緒。

江秋月老師猛然回神，往時鐘一瞥。「唉呀，該出門了。」她抓起包包，深深吸入一口氣，隨後跨出門檻，把回憶留在屋裡，闔上家門和心門。

江秋月老師今年七十歲了，隻身赴宴還是需要

107年在校老師們在劉嘉祥神父生日宴上，分享與神父的溫馨回憶。

一點勇氣。因為不久以前，劉明維老師因病辭世，相伴四十六年的愛侶就此陰陽兩隔。

劉明維老師是個不可多得好爸爸與好丈夫，每逢母親節、江老師生日和結婚紀念日，劉明維老師也一定安排約會，帶妻子出門享用大餐並獻上禮物。即使是平淡如水的日常生活，劉老師也堅持餐餐給妻子添飯挾菜，不忘初識時在公車站牌下苦苦守候的初衷。

曾經有一段時間，江老師離鄉背井，隻身在彰化師範大學受訓，劉老師便每日一封限時信，藉由將文字填滿信紙，書寫對妻子的思念。

即便早江老師十多年退休，劉明維老師也會在遊山玩水的每晚打電話報平安，到了固定時間，江老師便會在家中的電話旁等待。

現在電話不響、眠床空曠了，江秋月老師提醒自己：起碼最後的十多年，劉明維老師不是身陷於苦惱的工作中，而是開開心心地四處走訪名勝。

送走今生第一個男朋友和唯一的愛人後，江秋月老師挺起單薄的肩膀，仍持續參加各種朋友之間的聚會，她豁達地對友人笑稱：「現在我自己算是一戶，可以幫自己出錢啦，終於不用被當作「攏伴」的伴侶，昧著良心吃免費的了！」

現在，她要出席今生的唯一一份工作中，第一個導師班的同學會。

半個小時過去，江秋月老師來到與學生約定好的餐廳，早到的學生們巴望著門口，一見老師立刻自座位上起身迎上前去，有的替她拉椅子，有的替她拿外套。

「老師，喝茶！」一位學生熱心地奉茶。

歲月晃眼而過，當年的小毛頭早已髮色斑白，額際的青春痘褪去，變成光陰刻下的溝渠。可是臉上熱切的笑容不變，每一雙誠摯的眼睛，江老師都認得出來。

江秋月老師啜飲一口，沉吟後道：「今天我還想起你們從前到我家吃飯和睡午覺的事情呢。」

「我記得、我記得，有一回我們班上同學約了去板橋玩，玩到了天黑，就突然決定要去老師家。我們走到門口，聽到老師大喊「開伙囉！」還以為正好趕上吃飯，高興得呢！」學生接話。

「結果老師是說「開火了！」是要洗澡的意思。」另一個學生雙手一攤，眾人哈哈大笑。

「是啊，所以我只好趕快給你們準備用餐。」江秋月老師也笑了。

「老師最近在忙些什麼？」學生關心地問。

「帶我的小外孫女啊。」江秋月老師扶扶眼鏡，回答道：「還有就是去學校當故事志工，我是老師嘛，當老師的人就是想把自己知道的一切教給孩子們，看到他們高興，自己也覺得高興。」

「啊哈，老師確實是天生吃這行飯的料，那些聽故事的小朋友可真幸福。」另一個學生附和。

「我真的很喜歡教育工作，對我來說，這份喜悅大於一切。」江秋月老師肯定地說。

也不知道是誰使了眼色，總之服務生忽然開始拚命上菜，不一會兒，圓桌上便擺滿了各式佳餚，有肉有菜有海鮮，多半都是江老師喜歡的菜色。相處久了，這幫學生對於老師的口味也十分熟悉了。

「老師，多吃點。」坐在江秋月老師左邊的學生挾了塊東坡肉往老師碗裡送。

「菜也多吃點。」坐在右邊的學生則挾了蘆筍鋪在肉上，江老師碗裡的白飯都快看不見了。

「真好，我都不用動筷子啦。」江秋月老師微笑。

剎那間，那種被人寵愛的感覺又回來了。江老師彷彿清楚看見，過去幾十年來自己和丈夫身為人師所行經的軌跡，這份感動－叫做「傳承」。

民國一百零七年劉嘉祥神父的慶生宴上，江秋月老師與老同事們再度聚首。

附録　恆毅編年史

1927年　教廷駐華公使剛恆毅總主教於察哈爾省宣化市創辦主徒會。

慶于斌升任南京教區主教

1934年7月　剛總主教在母院創辦恆毅中學，聘于斌神父為董事長，王慶福修士為校長。

1935年　郭若石神父學成歸國擔任校長。

1935年12月底　郭若石神父學成歸國，出任宣化恆毅中學校長。

1935年12月17日　私立宣化恆毅中學歡迎郭若石校長榮任校長。

1936春　增建恆毅中學校社和初學院。

1936年7月初　恆毅中學獲准正式立案，初招生初一新生40名，半數為修士。

1937年6月30日 察哈爾省私立宣化恆毅高級中學校第一班全體師生合影。

宣化創校首班學生

1937年 郭若石神父被認命為總會長。

1937年7月7日 盧溝橋事變，學校辦學受阻。

1948年 共軍佔領宣化，恆毅中學被迫停辦。

1957年 在臺灣新莊籌辦恆毅中學。

1958年 宣化市前恆毅中學校長郭若石神父（台北總教區總主教），在台北新莊為恆毅中學復校舉行破土典禮。同年招收第一屆高、初中學生各一班。

郭若石董事長總主教

1959年2月25日 羅馬教廷傳信部長雅靜安樞機主持恆毅中學新校舍祝聖禮，並為第二期工程奠基。

1963年6月 恆毅中學增購六千坪土地以增建餐廳、宿舍、教室。

1966年6月30日 恆毅中學校長范文忠神父辭職。

范文忠神父校長

1966年7月26日 王臣瑞神父出任恆毅中學第二任校長。

王臣瑞 Augustine Wang

1966年12月8日 教廷駐華大使高理耀總主教為恆毅中學科學館奠基。

1967年7月 增建教室、科學館完工。

興建中的科學館

1967年9月11日 劉嘉祥神父羅馬留學歸國接任恆毅中學第三任校長。

1967年10月 科學館落成。

1969年4月9日 三層學生宿舍智仁大樓落成

智仁大樓落成

1972年10月 新建活動中心啓用。

1972年10月 恆毅中學新建活動中心啟用

1978年7月 麻斯駿神父接任第四任校長。

麻斯駿神父

1984年 奉准招收女生並制定本校男女學生制服。

1985年 仁愛樓完工。

1987年 信義樓完工。

1988年7月31日 麻斯駿校長辭職，由劉嘉祥神父繼任校長。

1989年12月 和平樓完工。

1984年1月 主徒會聖堂完工。

1997年9月 若石樓完工。

1996年夏 劉嘉祥神父退休，由卓明楠主任接任校長。

1999年夏 卓明楠校長辭校長職，由陳永怡神父接任。

2005年春 恆毅樓啓用。

2005年5月3日 游泳池完工現況。

2005年秋 攀岩塔完工。

2011年 本校奉令改成剛恆毅學校財團法人新北市天主教恆毅高級中學。

2011年 范若望教學資源中心大樓完工。

2012年夏　陳永怡神父辭世，由卓明楠主任接任校長。

2013年12月　原教職員工舊宿舍改建為校史館落成啓用。

2014年7月　卓明楠校長辭校長職，由賴永怡主任接任校長。

2016年7月　賴永怡校長退休，由陳海鵬先生接任校長。

國家圖書館出版品預行編目

一甲子,得見有恆. 上 : 1958恆毅中學 / 周禮群
作. -- 新北市 : 新北市恆毅中學, 2018.12
面 ;　公分
ISBN 978-986-97127-0-5(平裝)

1. 新北市天主教恆毅高級中學

524.833/103　　107018859

一甲子，得見有恆（上）：1958恆毅中學

作　　者／周禮群
出　　版／新北市天主教恆毅高級中學
242新北市新莊區中正路108號
電話：+886-2-2992-3619
傳真：+886-2-2279-5083
製作銷售／秀威資訊科技股份有限公司
114 台北市內湖區瑞光路76巷69號2樓
電話：+886-2-2796-3638
傳真：+886-2-2796-1377
網路訂購／秀威書店：https://store.showwe.tw
博客來網路書店：http://www.books.com.tw
三民網路書店：http://www.m.sanmin.com.tw
金石堂網路書店：http://www.kingstone.com.tw
讀冊生活：http://www.taaze.tw

出版日期／2018年12月
定　　價／350元

特別致謝

恆毅中學60週年故事的完成，要感謝國文科秦培真老師、羅琦強老師、吳蓁庭老師、左玲玲老師、黃薇老師、張玉玫老師、黃麗燕老師協助校稿，讓專書得以順利出版。